CB072592

pudor e dignidade

dag solstad

Traduzido direto do norueguês por
Grete Skevik

pudor e dignidade
dag solstad

Na verdade, ele era um professor secundário de cinquenta e poucos anos, chegado à bebida, com uma mulher que ficara um tanto rechonchuda demais, e com quem tomava o café da manhã todos os dias. Também o fazia nesse dia de outono, uma segunda-feira de outubro, em que ele, sentado à mesa do café com uma leve dor de cabeça, ainda não sabia que seria o dia mais decisivo da sua vida. Como todos os dias, vestiu com esmero uma camisa de brancura reluzente, o que amenizou o mal-estar que ele não podia evitar por ter que viver nestes tempos e nestas condições. Terminou o café em silêncio, olhando pela janela, para a rua Jacob Aall, como fizera inúmeras vezes ao longo dos anos. Ele estava em Oslo, capital da Noruega, onde morava e trabalhava. Era um dia cinzento e abafado, com nuvens soltas flutuando como véus negros sobre o céu cor de chumbo. Não ficaria surpreso se viesse chuva, pensou, e foi pegar seu guarda-chuva dobrável. Ele o enfiou na pasta, junto com analgésicos e alguns livros. Despediu-se da mulher de modo muitíssimo afável, num tom de voz que soou sincero, em nítido contraste com a expressão irritada no rosto dele e de cansaço no rosto dela. Mas toda manhã era assim, quando ele, com grande esforço, oferecia seu afável "tenha um bom dia", um gesto à esposa com quem convivia havia tantos anos e, consequentemente, por quem devia sentir um profundo companheirismo, e mesmo que agora, de modo geral, ele só sentisse vestígios desse companheirismo, era crucial toda manhã, por meio do alegre e simples "tenha um bom dia", deixá-la saber que bem no fundo do seu coração nada havia mudado entre eles, mesmo que os dois soubessem que isso em nada correspondia à realidade, tinha de se forçar, por uma questão de dignidade, para chegar às alturas onde esse gesto era possível, uma vez que, assim, ele recebia de volta um tchau no mesmo tom simples e sincero que tinha o poder de atenuar seu mal-estar e do qual não podia prescindir. Ele foi a pé para o trabalho, a Escola Secundária de Fagerborg, que ficava a apenas sete ou oito minutos de casa. Sentiu a cabeça pesar, e estava irritado consigo mesmo por ter tomado cerveja e aquavit[1] na noite anterior, aquavit um pouco em excesso, cerveja na dose exata, ele pensou. O excesso de aquavit agora comprimia sua testa, como uma corrente de aço. Ao chegar à escola, foi direto para a sala dos professores, tirou os livros da pasta, engoliu um analgésico, disse um curto, mas cortês, bom-dia aos colegas, que já haviam dado uma aula, e foi dar a sua.

    Ele entrou na sala de aula, fechou a porta atrás de si e sentou-se à mesa do professor no tablado, em frente ao

---

[1] Bebida alcoólica destilada de origem escandinava, que se bebe habitualmente gelada. (N.E.)

quadro-negro que cobria a maior parte da parede. Quadro-negro e giz. Esponja. Vinte e cinco anos a serviço da escola. Assim que pisou na sala, os alunos se sentaram depressa nas suas carteiras. Diante de si, 29 jovens em torno de dezoito anos que olharam para ele, respondendo ao cumprimento. Tiraram os fones de ouvido e os guardaram nos bolsos. Ele pediu que pegassem suas edições escolares de *O pato selvagem*. Novamente se impressionou com a atitude hostil que sentia vir dos alunos. Problema deles, ele tinha uma tarefa a desempenhar e estava decidido a cumpri-la. Era como grupo que sentia a maciça má vontade emanar dos seus corpos. Individualmente podiam ser bastante simpáticos, mas juntos, sentados nas suas carteiras como agora, constituíam uma inimizade estrutural, dirigida a ele e a tudo o que ele defendia. Se bem que faziam o que ele pedia. Sem resmungar, pegaram suas edições escolares da obra *O pato selvagem* e a colocaram diante de si nas carteiras. Ele sentou-se com um exemplar idêntico à sua frente. *O pato selvagem*, de Henrik Ibsen. Este drama notável que Henrik Ibsen escreveu em 1884, aos 56 anos de idade. Havia mais de um mês que a classe se ocupava da peça, ainda assim estavam só na metade do ato IV; isto é que é requinte, ele pensou. Uma sonolenta manhã de segunda-feira. Aula de norueguês, ainda por cima de dois períodos, numa turma de formandos na Escola Secundária de Fagerborg. Do outro lado das janelas, o dia cinzento e abafado. Ele estava sentado atrás da sua cátedra, como ele a chamava. Os alunos com nariz e olhos virados para seus livros. Alguns mais caídos sobre as carteiras do que sentados, fato que o deixou aborrecido, mas resolveu ignorar. Ele estava falando, lecionando. Na metade do ato IV. Quando a senhora Sørbye aparece na casa de Ekdal e anuncia que vai se casar com Werle, o comerciante, e onde o inquilino de Ekdal, dr. Relling, está presente, ele leu (não pediu a um dos alunos que lesse, o que às vezes fazia para manter as aparências, mas preferia ler ele mesmo): "Relling (com leve tremor na voz): 'Isto não pode ser verdade?' Senhora Sørbye: 'Mas é, meu caro Relling, é mesmo verdade'". Enquanto lia, foi de repente tomado por uma emoção quase insuportável, achando que descobrira uma pista de algo que ele antes, ao tentar entender *O pato selvagem*, não tinha prestado a devida atenção.

Por 25 anos havia analisado esse drama de Henrik Ibsen com os alunos de dezoito anos, o último ano do ensino médio, e sempre teve problemas com dr. Relling. Não entendia direito a razão de ele estar na peça. Percebera que a sua função era proclamar verdades nuas e cruas sobre os outros personagens – efetivamente, sobre a peça inteira. Ele o tinha visto como uma espécie de porta-voz de Ibsen e fora incapaz de entender o porquê dessa necessidade. Até chegou a pensar que a figura do dr. Relling enfraquecia a peça. Para que Henrik Ibsen precisava de uma porta-voz? Não falava a peça por si só?, havia pensado. Mas aqui, nesse ponto, se escondia alguma coisa. Henrik Ibsen lança mão de seu personagem secundário, dr. Relling, e o deixa tremer um pouco na voz, entre parênteses, ao perguntar à senhora Sørbye se é mesmo verdade que ela vai se casar com Werle, o poderoso comerciante. Por um momento, Henrik Ibsen empurra o dr. Relling para dentro do drama que, em outras partes, se limita a comentar com seu sarcasmo. Ali está ele, aferrado ao próprio destino amargo como eterno e malsucedido admirador da senhora Sørbye, ao longo de seus dois casamentos, primeiro com o dr. Sørbye, agora com Werle. Por um breve momento é justamente o seu destino, e nada mais, que se congela em cena. O momento do personagem secundário. Antes dessa cena, e também depois, ele é o mesmo, o homem que solta aquelas frases brilhantes, uma das quais ficou entre as imortais da literatura norueguesa: "Se privar uma pessoa comum da sua mentira vital, você também a privará da felicidade".

Foi isso que ele agora começou a esmiuçar para seus alunos, em parte sentados, em parte caídos sobre suas carteiras. Ele pediu para voltarem ao ato III, onde o dr. Relling entra em cena pela primeira vez, para lerem suas falas e depois folhearem até o final do ato IV. Ele supôs que os alunos estivessem familiarizados com a peça inteira, embora tivessem analisado só até a metade do ato IV, pois o primeiro dever de casa fora ler a peça até o final, o que ele se permitia presumir terem cumprido, independente do que os próprios alunos, individualmente ou como um todo, haviam realizado a respeito; ele não via motivo nenhum para atuar como policial da classe, pensou, com um leve sorriso perpassando o interior do seu corpo um tanto indisposto (devido ao pequeno pileque meditativo da noite anterior). No exato lugar onde o dr. Relling, entre outras coisas, profere sua frase posteriormente imortalizada sobre a mentira vital, disse: Vejam só, o tempo todo o dr. Relling está apenas tagarelando, exceto em um ponto, onde estamos agora. Temos ele ali então, no drama, pela primeira e última vez. Os alunos obedeceram, folheando para a frente e para trás, voltando para onde estavam, a saber, onde estava o dr. Relling pela primeira e última vez. Se eles bocejaram? Não, não bocejaram; por que bocejariam? Não era algo que pedia uma demonstração tão violenta a ponto de precisar de um bocejo, era uma aula como qualquer outra, numa segunda-feira de manhã, para um grupo de formandos na Escola Secundária de Fagerborg. Ali estavam, ouvindo o professor interpretar uma peça teatral, parte do currículo para a prova final de norueguês, *O pato selvagem,* título referente a um pato selvagem que vivia num sótão, um sótão bem escuro, parece. Alguns alunos olhavam a página, uns olhavam para ele, outros olhavam pela janela. Os minutos passaram devagar. O professor continuou falando sobre o personagem fictício dr. Relling, que aparentemente proferira uma frase imortal numa peça de Ibsen. Aqui está, ele disse, aferrado ao seu próprio destino amargo. Amargo para ele, à beira do ridículo para nós, sobretudo se fosse apresentado pelo sarcasmo do próprio dr. Relling.

Mas, emendou, apontando o dedo indicador para a classe – o que alarmou alguns alunos, porque não gostavam que apontassem para eles daquele modo –, o que teria acontecido se essa cena não estivesse incluída? Nada. A peça seria exatamente a mesma, à exceção do dr. Relling, que não teria seu momento trêmulo, por ser absolutamente supérfluo. Não afeta o desenvolvimento do enredo em nada, nem transforma, como vimos, o dr. Relling, o personagem secundário. Ele é exatamente o mesmo, com a mesmíssima função, antes e depois do seu momento trêmulo. Sabendo que essa peça foi escrita pelo primoroso Henrik Ibsen, que se esmera na elaboração dos seus personagens e cenas sem deixar nada para o acaso, temos que perguntar: por que Ibsen incluiu essa cena supérflua, em que o dr. Relling, um personagem secundário, diz a frase "com leve tremor na voz" e, de repente, é trazido para dentro da peça como alguém que tem um destino? Tem de haver um motivo, e como a cena é supérflua, praticamente um desperdício, o motivo não pode ser outro senão o de Ibsen desejar oferecer um grande gesto ao seu personagem fictício menor, dr. Relling. Mas então surge a questão: por que... Nesse momento, porém, o sinal tocou e, de imediato, os alunos se endireitaram, fecharam suas edições escolares da peça *O pato selvagem*, se levantaram e saíram calmos e confiantes da sala de aula, passando em frente ao professor, sem que um único aluno desse a mínima atenção a ele, que agora estava sentado na sua cadeira, sozinho, aborrecido por ter sido interrompido no meio de uma pergunta.

Há dez anos, pensou quando também se levantou, teriam pelo menos deixado que ele terminasse a frase. Mas agora, assim que soava o sinal, fechavam seus livros e deixavam a sala de aula, confiantes e irrepreensíveis, porque não havia dúvida de que era o toque do sino que marcava o fim da aula. A decisão era do sino, assim eram as regras na escola, e as regras devem ser seguidas, teriam dito, calmos e convincentes, se dissesse que era ele quem decidia quando a aula terminava. Teriam olhado para ele, perguntando: Então, por que razão temos um sino que toca quando, afinal, é você e não o sino quem decide, teriam dito, ele pensou. E teria sido inútil mencionar que o sino simplesmente era um meio de lembrar o professor de que estava na hora de terminar a aula, caso estivesse tão empolgado com seu ensino que esquecesse a hora e o lugar. Ele foi em direção à sala dos professores. Estava um pouco irritado. Sobretudo por ter ansiado pelo intervalo até mais do que os alunos, precisava de uma pausa mais do que eles, cansado como estava, tanto antes de começar quanto agora, depois de falar por três quartos de hora quase sem parar. Ele estava precisando de um copo d'água e estava precisando de um analgésico. E em frente ao bebedouro, enquanto enchia o copo com água gelada, catava e tomava um comprimido, ele pensou, pois não é que, assim como me sinto agora, o dr. Relling deve ter se sentido durante a peça inteira, a cabeça pesada, todo trêmulo, um leve cansaço de corpo e alma, sim, era exatamente nessa condição que ia soltando suas frases semielegantes (tinha de admitir que era assim que as considerava), das quais pelo menos uma havia se tornado imortal, e teve que sorrir para si mesmo. Ele se sentou no seu lugar cativo à mesa grande na sala dos professores e conversou um pouco com os colegas sobre os resultados do futebol no fim de semana etc. Já que os professores vinham de lugares bem diferentes da Noruega, havia no mínimo um torcedor fervoroso representando cada time da primeira e da segunda divisão, e os vencedores do fim de semana nunca falhavam em deixar todo mundo a par disso. O seu próprio time estava na terceira divisão, no topo da tabela até, todo ano na esperança de subir para a segunda divisão, mas quando puxavam o assunto com ele, era mais por educação e cortesia, o que ele não via como algo de errado. (As colegas não participavam dessas discussões, embora se sentassem à mesma mesa, ao lado dos homens, tricotando, como costumava contar à sua mulher, com um risinho maroto.)

    De volta à sala de aula. Mas por que ofereceria Ibsen esse gesto ao seu porta-voz?, ele perguntou, já antes dos últimos alunos terem entrado, encontrado seus lugares e fechado a porta. Não consigo entender, parece tão desnecessário, até contraditório, é quase um péssimo pensamento dramático e, por isso, temos que questionar se o dr. Relling realmente é o porta-voz de Ibsen nessa peça. Um motivo para o dr. Relling servir de porta-voz de Ibsen deve ser para impedir Gregers Werle de se safar tão facilmente. Mas, afinal, Gregers Werle se safa com tanta facilidade? Como sabemos, é ele quem pede a Hedvig que se sacrifique, que atire para matar o pato selvagem, portanto é ele quem desencadeia a tragédia. É ele quem desencadeia a tragédia e ao mesmo tempo é ele quem se preocupa em saber se Hjalmar Ekdal se engrandece por causa dela. Que se engrandeça com a tragédia que ele, Gregers Werle, é responsável por desencadear. Não é o suficiente? É o que tudo leva a crer, pois não é preciso nenhum dr. Relling para Gregers Werle ter seu castigo. Mas então qual seria a função do dr. Relling na peça, como personagem secundário, a quem Ibsen até oferece esse gesto desnecessário que faz dele, num momento trêmulo, um destino suspenso? Bem, lendo a peça de olhos abertos, sem pensar em mais nada além disso, e então fazendo a pergunta: quando é que o dr. Relling é necessário?, a resposta é óbvia. O dr. Relling é necessário em um momento, e isso é quase no final do último ato. Ele mandou os alunos folhearem para a frente, o que fizeram, alguns rapidamente, outros devagar, todos à mesma luz sonolenta típica das salas de aula numa escola norueguesa. Ele também folheou para a frente e leu a cena em que se escuta um tiro vindo do sótão. Um pouco mais tarde, fica claro que Hedvig dera um tiro, e que ela mesma fora atingida. O que aconteceu? Será que ela, a pedido de Gregers Werle, entrou no sótão para matar o pato selvagem, se atrapalhou com a pistola e atirou em si mesma? Um acidente terrível, mas seria uma tragédia profunda? Não, esse tiro não foi acidental; a criança de doze anos apontou a pistola para si mesma e puxou o gatilho. Para mostrar isso, para elevar a peça de um acidente banal a uma tragédia chocante é que Ibsen precisa de um personagem com autoridade suficiente para confirmar que é esse o caso. Em outras palavras, Ibsen precisa de um médico. Dr. Relling, ele exclamou, dando uma pancada na mesa num rompante de empolgação. Os alunos tiveram um sobressalto, e alguns o olharam perplexos, dois até franziram as sobrancelhas, ele achou. Ibsen precisa do dr. Relling como autoridade natural, como testemunho da verdade, para ele poder escrever o seguinte: "Dr. Relling (aproxima-se de Gregers e lhe diz): 'Ninguém jamais vai me convencer de que foi um acidente.' Gregers (horrorizado e consternado): 'Ninguém pode dizer ao certo como essa terrível desgraça aconteceu.' Relling: 'a blusa tem pólvora queimada. Ela deve ter apertado a pistola contra o peito e atirado.' Gregers: 'Hedvig não morreu em vão. Você viu como o sofrimento libertou a grandeza de

Hjalmar Ekdal?'".

É aqui, e somente aqui, que o dr. Relling é necessário. É por conta dessa cena que ele está na peça. Mas quando Ibsen precisa de um médico, um doutor, no final do seu drama, ele não pode simplesmente surgir do nada, ele precisa ter sido apresentado para nós antes. Estivéramos pensando que ele entra e sai da peça de Ibsen como "o porta-voz de Ibsen". Mas o que é que ele realmente faz? Bem, ele comenta a peça o tempo todo. Ele descreve as caracterizações dos personagens do drama, além de comentar a ação. Ibsen o inseriu no seu drama como comentarista. E que tipo de comentários faz o dr. Relling? Todos apontam inequivocamente na mesma direção. Que fulano é um idiota, que fulano foi um imbecil a vida toda, que fulano é um mané, um ingênuo, que fulano é um arrogante e insuportável filho de um homem rico que sofre de um doentio senso de justiça. Quer dizer, verdades simples, cínicas e banais. E, vejam bem, estas verdades banais são derramadas sobre os personagens do drama de Ibsen enquanto o drama está sendo apresentado. Dr. Relling arrasta o drama inteiro na lama. Longe de ser o porta-voz de Ibsen, dr. Relling é o inimigo da peça, já que tudo o que ele diz tem apenas um propósito: o de destruí-la, de destruir esse drama que Henrik Ibsen está escrevendo. Hjalmar Ekdal é um babaca traído, deixe-o em paz com a sua família. Mas Gregers Werle não o deixa em paz, e o dr. Relling diz que Gregers Werle é outro babaca, um egocêntrico doentio por conta de outras pessoas. Bem, é o que penso, emendou, já sentado na mesa com um leve sorriso embaraçado, e tudo o que ele, Gregers Werle, consegue criar, é uma deplorável miséria da qual deveríamos ter sido poupados. A filha da família, uma menina de doze anos, tira a própria vida, Hjalmar Ekdal ainda é um grande e pomposo tolo e Gregers Werle é revelado, não inesperadamente, como calculista insensível que fica babando sobre "as profundezas do mar", emendou, quase espantado consigo mesmo e com suas palavras, de modo que quando Hedvig morre, ele só consegue pensar se Hjalmar Ekdal carrega sua tristeza com verdadeira dignidade ou não. Sinceramente, isso é tema para se escrever um drama? Ele gritou, novamente recebendo olhares reprovadores de alguns dos seus alunos, enquanto outros estavam meio caídos, meio sentados nas suas carteiras, transparecendo calma e sonolência. Não se o dr. Relling estiver certo, ele disse, abaixando a voz, e o dr. Relling está absolutamente certo, como todos podem ver, até o próprio Ibsen, que de modo algum está ignorando o fato de que o dr. Relling expressa "opinião" própria a respeito dos personagens sobre os quais está escrevendo. Mesmo assim, Ibsen continua escrevendo, porque há algo que o dr. Relling não deve ter visto, e é isso que faz o famoso dramaturgo de 56 anos continuar sua escrita. Dr. Relling é o antagonista de Henrik Ibsen. É dr. Relling versus dr. Ibsen. Henrik Ibsen persiste na sua escrita, e ele dá tudo ao dr. Relling, até deixa-lhe a última palavra!, ele exclamou, com gestos enérgicos. E por quê?, se apressou em perguntar, recompondo-se. Por que será? Decerto precisamos lembrar de que se trata de dr. Relling versus dr. Ibsen, mas é o dr. Ibsen quem inventa ou cria o dr. Relling. Ele não existe em nenhum outro lugar, a não ser no momento em que o dr. Ibsen escreve "Dr. Relling" numa folha de papel e o deixa proferir algumas destas máximas semielegantes que ameaçam despedaçar o drama todo. Por que Ibsen faz isso?, ele perguntou. Por quê, por quê?, perguntou, olhando para a classe, que não dava sinal de resposta; muito pelo contrário, ela formou, de modo multifacetado, num leque de diferentes linguagens corporais e expressões faciais, uma compacta e impenetrável entidade hostil, que outra vez deixava claro para ele que era uma tortura estar ali e deixar-se levar por sua interpretação do drama *O pato selvagem* e pelo personagem secundário, dr. Relling.

Não era o fato de estarem entediados, mas o ar de injustiçados com que mostravam seu tédio. Não havia nada de estranho em ficar entediado numa aula de norueguês em que se estuda um drama de Henrik Ibsen. Afinal, eram jovens de dezoito anos em vias de adquirir uma educação liberal. Eram jovens que não podiam ser considerados indivíduos plenamente desenvolvidos. Por isso, caracterizá-los como imaturos não seria ofender ninguém, nem eles nem aqueles que tinham autoridade sobre eles, pelo menos sob uma perspectiva sóbria e objetiva. Esses indivíduos imaturos foram colocados na escola para adquirir conhecimentos sobre literatura norueguesa clássica, que era sua tarefa transmitir. Ele fora, na verdade, oficialmente nomeado para tal missão. O problema principal dessa tarefa era esses jovens serem incapazes de receber o que ele fora encarregado de lhes transmitir. Indivíduos imaturos, naquele estágio excitante entre criança e adulto, não estão em condições de compreender *O pato selvagem* de Henrik Ibsen; afirmar outra coisa seria um insulto ao velho mestre e, nesse sentido, a qualquer pessoa adulta que já conseguiu adquirir algum conhecimento da herança cultural da humanidade. Por isso, nesse nível educacional, falava-se de alunos e não de estudantes. Não eram estudantes que deviam estudar, eram alunos que deviam aprender. Ele era o professor, eles eram os alunos. No entanto, sendo esse o nível mais alto do ensino geral da Noruega, havia certa exigência quanto à qualidade do que ali devia ser ensinado. Isto significava que o que era para ser comunicado nem sempre era de imediato adaptado à incipiente vida intelectual e emocional dos alunos, mas, em geral, era algo que ficava além do seu alcance, e eles tinham que, literalmente, se esticar, se esforçar, para conseguir pelo menos enxergar o que lhes estava sendo comunicado. Havia um consenso geral de que os alunos que completavam o nível mais alto do ensino geral da Noruega deviam ter certo conhecimento da herança cultural do país, sobretudo como havia sido preservada na literatura, portanto, ali estava ele, numa chuvosa segunda-feira de manhã, na escola de Fagerborg, analisando do devido modo um drama de Henrik Ibsen. Era para eles se familiarizarem com o drama, mas como essa obra estava evidentemente além do alcance deles, já que estavam na fase imatura das suas vidas, não havia como evitar que o tédio se instalasse na sala de aula. Sempre fora assim, era intrínseco ao ensino, seu método e suas metas, na verdade, ele mesmo sentira tédio nas aulas de norueguês quando era aluno do ginásio, e logo que pisou na sala de aula como professor novato, sete anos depois, reconheceu de imediato o mesmo tédio entre os alunos, aos quais agora ensinaria uma disciplina que ele mesmo achara tediosa quando ia à escola, e que pertence às condições em jogo para adquirir conhecimento geral na juventude, com as quais o transmissor desse conhecimento precisa lidar, até com certa alegria no coração, como fizera, pelo menos nos primeiros quinze ou vinte anos de seu ofício na Escola Secundária. Ele tinha até achado divertido que suas aulas entediassem os alunos, pensando, pois é, assim é a vida, é assim mesmo, ensinar numa escola secundária num país civilizado tem que ser assim mesmo. Era só pensar na situação oposta para rapidamente entender como seria impossível se as coisas não fossem como eram de fato. Imagine como seria se a herança cultural despertasse um enorme entusiasmo entre os jovens da próxima geração, fazendo com que eles a devorassem com avidez, porque esse conhecimento abrigava as questões e respostas às inquietações que, em segredo, haviam trazido consigo – sem dúvida um belo pensamento, mas não se levarmos em consideração a realidade, isto é, de que se trata de pessoas imaturas com uma vida emocional e intelectual bastante confusa, incompleta, às vezes francamente banal. Se a literatura que nos foi transmitida por meio da nossa herança cultural realmente impactasse nossos jovens, no nível mental e psicológico em que se encontram, teria, se fosse assim, lançado uma luz incômoda sobre a própria cultura que chamou essa literatura de "nossa herança cultural". Significaria, além do mais, que as redações que os alunos apresentassem ao professor, nesse caso, àquele que nessa chuvosa segunda-feira de manhã se sentava à mesa na sala de aula na Escola Secundária de Fagerborg, em Oslo, fossem verdadeiras dissertações literárias, que ele mal poderia esperar chegar em casa para esmiuçar, não para corrigir, mas para *ler,* o que não poderia ser mais distante da situação real, mero fruto da imaginação, para não dizer outra coisa, uma realidade que conhecia bem após o zeloso esforço de revisar as imperfeitas atividades intelectuais dos seus alunos durante todos esses 25 anos, com pelo menos três pilhas de redações todo mês. Não, a literatura da herança cultural não conseguia despertar o entusiasmo dos jovens, e suas redações não eram exatamente dissertações na altura das excelentes proezas da herança cultural. Ficamos, portanto, com a situação real: o tédio que embala as salas de aula norueguesas quando o professor analisa um trabalho dramático de Henrik Ibsen com seus alunos. Um tédio que tampouco falha em tocar o professor. Por 25 anos ele praticamente ensinara as mesmas obras de Ibsen, e é inegável que muitas vezes tenha, repetidamente, se sentido regurgitar a mesma matéria. Ele detestava as primeiras linhas de *Peer Gynt*, com as frases, "Peer, você está mentindo", "Não, não estou", além da "Cavalgada do bode", o que tomava cuidado para não revelar aos seus alunos. Era raro ele, no nível pessoal, ter tanto prazer de ensinar como hoje. De modo geral, o que apresentava a seus alunos era material bastante conhecido e, para ele, eram interpretações elementares incapazes de despertar interesse. Se bem que acontecia de ele começar com uma tese bem conhecida, por exemplo, a semelhança entre Hjalmar Ekdal e Peer Gynt e entre Brand e Gregers Werle, conseguir formulá-la de um modo que até reavivava seu interesse nessa dupla comparação, e se sentia inspirado, com a sensação de brilhar, de dizer algo que nunca havia pensado antes, mas isso era bem raro. Hoje aconteceu. Foi totalmente inesperado. Ah, este dr. Relling, pensara, com um profundo suspiro mental, quando mandara seus alunos abrirem suas edições escolares do drama *O pato selvagem* na página 43, fazendo ele o mesmo. O eterno porta--voz. Então, justamente porque o dr. Relling, nessa cena na página 43, através dos parênteses em que estava indicado *com um leve tremor na voz*, tinha se tornado parte do drama de Ibsen, ele de súbito se dera conta de que o dr. Relling não era o enfadonho porta-voz da peça, porque se fosse, o velho mestre Ibsen não teria se rebaixado a ponto de dar à sua voz um leve tremor e inseri-lo nessa breve cena com a senhora Sørbye, na qual figura como personagem dramático, com seu destino amargo como eterno admirador dessa – para o leitor – nem tão atraente senhora Sørbye, e novamente se sentira inspirado. Mas, *ipso facto*, sua eloquência e sua inspiração não tinham chance nenhuma de despertar seus alunos, por estes carecerem de condições para compreendê-lo. Sua eloquência só podia inspirar a si mesmo, pois seus alunos estavam por natureza fadados a continuar meio caídos, meio sentados nas suas carteiras, aguentando o tédio de sempre das aulas de literatura na língua materna. Era só ele, o professor, que pelo menos uma vez escapava do tédio sufocante da aula de norueguês, o que o deixou bastante contente consigo mesmo no final da aula. Mas foi uma sensação insignificante que se aplicou apenas a ele, e não a eles, que afinal estavam sem condições de se alegrarem com isso, mesmo que o professor tivesse a esperança de que pelo menos uns poucos ficassem um tanto surpresos de ouvi-lo tão animado no meio da sua tediosa amolação sobre uma obra de Ibsen. Mas mesmo que alguns indivíduos entre o grupo imaturo realmente se surpreendessem com isso, também seria, no esquema geral das coisas, um fato insignificante (ainda que feliz). Sua tarefa simplesmente não era a de produzir exegeses inspiradoras das grandes obras da literatura nacional, sua tarefa era somente, no âmbito da sua sala de aula e através de certo número de aulas repetidas por semana durante três anos, formar esses alunos imaturos e habilitá-los a compreender certas condições que esta nação e esta civilização tinham por base, e das quais ele, o professor adulto, e eles, seus bastante confusos e inacabados alunos jovens, faziam parte. Era fato que ele, um homem maduro e extremamente culto, havia sido colocado nesta sala de aula, à custa do dinheiro público, para analisar, pelo 25º ano, certo número de obras literárias da nossa herança cultural comum, os alunos se entediando ou não: era isso que direcionava seus esforços. Era isso que fazia dele, uma pessoa humilde de ocasional brilhantismo ou falta de brilhantismo, com habilidade de inspirar ou apesar da sua falta de habilidade de inspirar, uma presença imponente que, em curto ou longo prazo, promovia a formação daqueles para cuja instrução a sociedade o havia colocado ali. Por isso, o tédio dos alunos não o havia tocado, não até agora, recentemente, porque era apenas causado pelo fato de serem imaturos e inadequados, e esse tédio era sentido tanto por ele como pelos alunos (até *o presente momento*) como uma falta. E mais tarde nas suas vidas seriam marcados por essa falta. Ou porque a superavam ou, e isso se aplicava à maioria, porque ela inconscientemente marcava sua fala culta como uma falta explícita da sociedade em suas personalidades adultas. Ele teve a oportunidade de constatar isso em várias ocasiões, por exemplo, quando encontrava velhos amigos da Escola Secundária e no papo que seguia contava que estava estudando literatura norueguesa na universidade, na época estavam com vinte e poucos anos, quando com mais frequência encontrava seus velhos amigos do ginásio, ou ele contava que ele era professor titular na escola de Fagerborg, e achava de suma importância estudar as peças de Ibsen com seus alunos; era então que o outro podia dizer: Ah, Ibsen, bem, ele é difícil demais para mim, ou: Hum, você sabe, eu nunca cheguei a me interessar por literatura. E nisso havia um lamento, e esse lamento não era deles, que tinham tão pouco interesse na literatura e nas peças de Ibsen, que não viam motivo nenhum para lamentar qualquer coisa. Pelo amor de Deus, o que havia a lamentar, no que lhes dizia respeito? Não, era como seres sociais que eles achavam necessário expressar esse lamento, a saber, o lamento como expressão necessária da educação que toda sociedade civilizada procura transmitir aos seus cidadãos, e, como se pode ver, nesse caso, com êxito. A ideia de o simples bate-papo entre velhos conhecidos, que por acaso se cruzam depois de anos, ocorrer assim e não de modo inverso – e é nisso que toda sociedade civilizada baseia seus alicerces – lhe ocorrera muitas vezes, sobretudo nos últimos anos.

    Mas os jovens que agora estavam sentados na sua frente, neste dia em particular, uma segunda-feira chuvosa no início de outubro, em uma úmida sala de aula da Escola Secundária de Fagerborg, na capital da Noruega, entediados com sua exegese do drama de Henrik Ibsen *O pato selvagem*, estavam entediados de forma totalmente diversa de antes. Ele em nada reconhecia neles seu próprio tédio do tempo do ginásio, e não reconhecia neles o tédio sonolento das aulas sobre Henrik Ibsen que marcara as classes anteriores, apenas poucos anos antes. Os jovens que agora estavam sentados ali em toda a sua imaturidade, entediados por seu interesse exultante na função do dr. Relling na peça *O pato selvagem*, não viam seu tédio como uma consequência natural de serem alunos; pelo contrário, estavam indignados por passarem aquela manhã de segunda-feira se entediando numa aula de norueguês na Escola Secundária de Fagerborg, apesar de não poderem ignorar que eles de fato eram alunos dessa escola à qual, portanto, tinham de comparecer. Ali estavam, com seus rostos jovens e dóceis de filhotinhos, com suas horríveis (para eles mesmos) espinhas e com suas vidas interiores confusas e inadequadas, provavelmente cheias de devaneios novelescos, sentindo-se ofendidos por ficarem entediados, e esse sentimento era dirigido a ele, o professor, porque era ele que os entediava. E era uma ofensa que não podia ser afugentada por um comentário gentil do tipo: Ah, não se faça de ofendida, Cathrine, ou: Pelo menos tente fingir que está interessado, Anders Christian. Porque estavam profundamente ofendidos. Não era apenas de fachada, eles estavam plenamente permeados por esse sentimento, tinha se tornado a atitude dominante e verdadeira em relação a ele, portanto, a verdadeira atitude como alunos numa sala de aula em que uma das maiores obras dramáticas da nossa literatura estava sendo estudada. Sentiam-se simplesmente vitimados, e não havia razão nenhuma para se zombar disso. Para eles, estar entediado era uma experiência tão insuportável que seus corpos, os corpos de todos eles, sem exceção, e seus rostos, de meninos e meninas, espertos ou nem tanto, os bons na escola ou os que só estavam sentados (ou deitados) ali para passar o tempo, expressavam uma raiva reprimida. Por que deviam aturar aquilo? Por quanto tempo deviam aturar aquilo? Será que ele tem o direito de nos tratar desse jeito? Ele podia ver que era assim que pensavam.

 Decerto havia alguns entre eles que eram mais tolerantes do que outros e que, apesar de compartilharem com seus colegas o sentimento de indignação, ainda assim procuravam ter uma visão mais ampla, com um efeito moderador para os outros. Havia quem dissesse que era só uma questão de tempo para que aquele método de estudar Ibsen se tornasse uma coisa do passado, em outras palavras, ele era irremediavelmente antiquado, portanto, deviam ser transigentes com ele, e, graças a esses alunos, a raiva reprimida era atenuada em favor de uma expressão mais tradicional de tédio geral, pelo menos aparentemente. Ainda que por isso a situação na sala de aula, com toda sua sonolência, pudesse parecer bastante jovial, ele sabia que no fundo era indesejado como professor entre seus alunos, o que por si só não o infligia mais dor do que um melindre emocional normal que todos experimentam quando não se sentem bem-vindos em algum lugar. Mas aqueles que não o queriam como professor também se consideravam justificados, e então ele às vezes se sentia profundamente deprimido, porque era como se estivesse ali tal qual alguém cujo tempo havia chegado ao fim, um inútil professor antiquado, bitolado e decrépito. Em outros momentos, essa irritação o fazia sentir brotar um fervor que lhe dava coragem. Ele queria manter-se assim, do modo que estava, ereto, dando uma chance aos alunos de alcançar Ibsen e toda a herança cultural; senão nesse momento, quem sabe mais tarde na vida.

Seus alunos agiam daquela maneira com a maior naturalidade. Nem por um momento duvidavam que era unicamente pela benevolência e magnanimidade deles mesmos que não se levantavam em protesto contra aquele modo de ensino. Eles estavam igualmente convencidos de que o professor só prosseguia daquela forma graças a eles. Estava à sua mercê. Quanto a isso, seus jovens e imaturos alunos estavam convencidos e, se eram capazes de ter essa convicção, não poderia ser devido às suas vidas incipientes nem ao seu nível de desenvolvimento inadequado, mas a algo externo a eles. Por isso não se podia culpá-los, embora fosse uma situação bastante detestável para um adulto tão culto, com 25 anos de experiência do ensino da língua materna da sua nação. Dr. Relling. Dr. Relling, o personagem secundário. Naturalmente, havia entre os melhores alunos os que não apenas reagiam ao fato de que seu ensino não lhes dizia respeito, mas também ao fato de ele se permitir desperdiçar o tempo precioso dos estudantes, voltados que estavam para o exame final, ao forçá-los a se ocuparem com um personagem secundário, mesmo que a peça de Henrik Ibsen integrasse o currículo. Assim como havia alunos entre os mais atentos que sentiam que o professor *poderia* ter tornado tudo mais interessante se levasse em conta a história da literatura que também estavam estudando. Lá estava escrito que Henrik Ibsen antecipou o romance policial com sua técnica de narração retrospectiva para estruturar os dramas. Antecipar o romance policial teria sido um feito e tanto, não é? Para eles, com certeza. Outros estranhavam que ele não aproveitava a chance de tornar Ibsen um pouco mais atual, afinal, pelo que entenderam, Hedvig cometeu suicídio. Por que não podia usar isso como ponto de partida, já que hoje em dia é um problema real que tantos jovens cometam suicídio? Mas nem isso. Dr. Relling. Dr. Relling, o personagem secundário. Ah, se pelo menos o professor dissesse: Não é verdade que Ibsen é um velho clássico empoeirado. A verdade é que ele é tão cheio de suspense quanto um romance policial. E então, podia mostrar de que modo Ibsen era um autor quase tão cheio de suspense quanto um autor de romance policial. Assim, ele teria dado aos alunos algo que lhes interessasse.

Mas não. O professor tratava da literatura clássica norueguesa com a premissa expressa de que era literatura clássica norueguesa que estava sendo ministrada, no âmbito de uma escola pública norueguesa, que os levaria, os jovens de dezoito anos e rostos rechonchudos, ao mais alto nível do ensino geral que o país era capaz de oferecer à sua juventude. Ele falava. Sobre o dr. Relling, um personagem secundário na peça *O pato selvagem*, pelo qual agora estava absorto e pelo qual, se pudesse se expressar assim, tinha o direito de estar absorto como professor titular de norueguês

em uma classe de formandos na Escola Secundária de
Fagerborg. Essa era a terceira de quatro peças de Ibsen que
eles iam estudar. Eles já leram *Peer Gynt* e *Brand*, e depois
de *O pato selvagem* leriam *Fantasmas* ou *Hedda Gabler* (ele
ainda não havia decidido qual, se comprazendo todos os
anos em avaliar os prós e contras da quarta peça de Ibsen
a ser incluída no currículo, *Hedda Gabler*, *Fantasmas*,
Rosmersholm, ou *Quando despertamos de entre os mortos*).
Desse modo, seus alunos liam bastante Ibsen, mais do que
aqueles que tinham outros professores, que, via de regra, se
limitavam a uma peça (*Peer Gynt*), ou, no máximo, duas. Isso
não queria dizer que ele ignorava Bjørnstjerne Bjørnson,
Kielland, Jonas Lie. Se bem que Lie ele ignorasse um pouco.
Na sua opinião, os estragos do tempo tinham desgastado
Jonas Lie, que já não podia mais defender seu lugar entre
os Quatro Grandes, por isso relutava em deixar seus alunos
o lerem e deu o lugar de Lie a Garborg, para que ainda se
pudesse (quer dizer, ele) falar dos Quatro Grandes, que
então seriam Bjørnson, Ibsen, Kielland, Garborg (mesmo
que no fim das contas ele não considerasse que Bjørnson,
Kielland ou Garborg estivessem realmente entre os Quatro
Grandes, porque para ele os verdadeiros Quatro Grandes
eram Ibsen, Hamsun, Vesaas, Mykle, mas eram pensamentos
e ideias que o levavam para longe da sala de aula onde ele
tinha seu ofício diário e cumpria seus deveres, embora, na
verdade, desejasse o tempo todo que um dos seus alunos
levantasse justamente essa questão. Que um atento jovem de
dezoito anos – depois de ele dizer que se podia considerar
que Ibsen, Bjørnson, Kielland, Garborg eram os Quatro

Grandes na literatura norueguesa da atualidade, quando por quase cem anos tinham sido Ibsen, Bjørnson, Kielland, Lie, e que, para impedir a derrocada do próprio conceito dos Quatro Grandes, estava na hora de deixar Garborg ocupar o lugar de Lie – levantasse a mão para perguntar: Mas, professor, isso quer dizer que os Quatro Grandes são os seus favoritos? O que ele então teria a oportunidade de negar: Não, não, meus favoritos são Ibsen, Hamsun, Vesaas, Mykle. Mas quando ele (nos seus devaneios) tivesse uma chance de dizer exatamente isso, teria que prontamente emendar: Mas não devem dar grande importância a isso, porque quando me expresso desse modo, falo como uma pessoa limitada, cativa do próprio tempo; minha afirmação revela mais da facilidade com que meu coração se deixa tocar pela literatura do século em que vivo do que da minha capacidade de fazer juízo de valor sobre a literatura nacional em geral – ele diria se fosse questionado por um aluno atento e extremamente curioso de dezoito anos, e com essa resposta teria esperança de ter sido capaz de transmitir um lado pessoal que talvez surpreendesse os alunos, porque podia vividamente imaginar que espantaria seus alunos saber que também ele, afinal de contas, se deixava tocar mais facilmente pela literatura contemporânea do que pela literatura de tempos passados; foi o que imaginou que pensariam quando respondesse sinceramente a uma questão levantada por um hipotético atento e interessado aluno de dezoito anos, e, assim, talvez entendessem que se havia tão pouca literatura contemporânea nas suas aulas, não era devido a seu gosto pessoal, mas a um plano imposto que eles agora, nesse momento, ele pensou enquanto refletia sobre essa situação hipotética, poderiam perceber no que consistia, como um súbito vislumbre de algo que era de importância maior do que eles mesmos, os alunos, e o professor que lhes ensinava). Então, Bjørnson, Kielland, Garborg, além de Ibsen. Uma obra de cada, todo ano. Estes eram os Quatro Grandes. Em seguida, os escritores grandes antes deles. Literatura nórdica. Baladas folk. Petter Dass. Holberg. Wessel. Wergeland e Welhaven (e não como costumava ser: Wergeland [e Welhaven]). Ivar Aasen. Vinje. Amalie Skram. Do século XX: Olaf Bull. Kinck. Hamsun. Vesaas. Mykle não; teria que morrer antes de ingressar na escola. Só estes. Não se esqueceu de alguém? Sim, Obstfelder. Mais ninguém? Ele não podia deixar de mencionar Sigrid Undset, mas sua vontade de analisar *Kristin Lavransdatter* era bastante limitada; ele preferia Cora Sandel. Mas, então, ponto final. Nada de literatura contemporânea, exceto para exemplificar a literatura clássica, o desenvolvimento da linguagem, mudanças temáticas etc. ao longo dos tempos.

Era assim que ele ensinava a literatura da sua língua materna. Era assim, ano após ano. Para os alunos, um enfado sem fim que, em alguns, poderia despertar certa curiosidade, ainda que apenas para entender por que um homem culto teria como ocupação oficial a tarefa de ficar atrás de uma mesa numa sala de aula, pedindo aos jovens que lessem todos esses livros que pouco os interessavam e que pouco entendiam, pelo menos não do modo que esse educador nomeado oficialmente tentava fazer com que os lessem, livros que eram indicados a todos, independentemente de terem sido mordidos por essa curiosidade, o que poderia ser a primeira condição para *fazer um esforço* a fim de que aqueles que aos dezenove anos tinham recebido a mais alta formação da sua sociedade, mais tarde na vida, nas conversas diárias que com suas diferentes nuances e insinuações e subentendidos formam o entendimento próprio da sociedade, não andassem por aí servindo sua baboseira sentimental e conversa fiada sobre assuntos merecedores de uma conduta mais decente, e desse modo revelassem que até entre os que receberam a mais alta formação havia indivíduos claramente incivilizados que nem sequer tinham educação suficiente para esconder tal fato e muito menos para se envergonhar dele, ele havia pensado, mas isso fora antes de perceber a situação atual. Levava suas aulas a sério, muitas vezes sentindo a rotina como um fardo, no entanto continuou dando valor ao seu trabalho de professor da língua materna e, especialmente, das suas belas-letras, da bela literatura, como ele às vezes falava de brincadeira a seus colegas, e não por conta das poucas aulas em que farejava pistas de algo novo na obra que estava apresentando aos alunos, porque essas eram exceções, podiam até ser bastante instigantes, animadas, brilhantes, ele diria, mas não chegavam a representar para ele a condição de uma vida plena de sentido. Por isso, a alegria era maior quando essas aulas ocorriam. Como agora. Uma aula de dois períodos de um dia carregado de chuva, para os formandos, no início de outubro. Ele já estava na pista de algo. Algo que tinha a ver com o que Ibsen realmente se debatera quando escreveu *O pato selvagem*, sim, aquilo que ele, de fato, estava procurando. Com base na suposição de que o dr. Relling é o antagonista de Ibsen e que o dr. Relling está certo, ou "certo". Não, certo. E mais uma vez pediu aos alunos que virassem as páginas até o final da peça. O que, contrariados, fizeram automaticamente, sem protestar. Ele pediu que um dos alunos começasse a ler de onde está escrito: "Relling (aproxima-se de Gregers e lhe diz): 'Ninguém jamais vai me convencer...'". O aluno, um rapaz magricela vestido nas últimas tendências da moda, lia sem inflexão da voz, encapsulado no mais profundo tédio e com tanto desleixo que nem se deu ao trabalho de caricaturar a própria voz para criar um pouco de "vida" ou "clima", um pouco de "diversão e riso" na sala de aula, em momento nenhum caiu na tentação de responder ao tédio com um toque de palhaçada, o que seria natural, e sempre ocorrera noutros tempos, ele recordou; não, o aluno preferiu, como expressão marcante de postura da turma, sofrer em silêncio, pela convicção segura e fé no futuro de que seria apenas uma questão de tempo até que fenômenos gastos e obsoletos deixassem de fazer parte do currículo obrigatório na formação geral, pelo menos nesta parte do planeta. "Relling (aproxima-se de Gregers e lhe diz): 'Ninguém jamais vai me convencer de que foi um acidente.' Gregers (horrorizado e consternado): 'Ninguém pode saber como essa terrível desgraça aconteceu.' Relling: 'A blusa tem pólvora queimada. Ela deve ter apertado a pistola contra o peito e atirado.' Gregers: 'Hedvig não morreu em vão. Não vê como o sofrimento libertou a grandeza de Hjalmar Ekdal? Relling: 'A maioria das pessoas mostra certa grandeza ao chorar diante de um morto. Mas por quanto tempo você acha que esta magnanimidade vai durar?' Gregers: 'Como? Por que não poderia durar e crescer durante toda a vida?' Relling: 'Dentro de alguns meses, a pequena Hedvig não será nada para ele além de um pretexto para belas palavras.' Gregers: 'Como pode falar assim de Hjalmar Ekdal!' Relling: 'Voltaremos ao assunto quando tiver secado a primeira grama sobre o túmulo. Então vai ouvi-lo dizer frases como 'a criança prematuramente arrancada do coração de seu pai' e observá-lo chafurdar em pieguice, autoadmiração e autocomiseração. Espere só para ver!' Gregers: 'Se *você* estiver certo e *eu* errado, a vida não vale a pena ser vivida.'" Obrigado, ele disse, e o aluno imediatamente parou sua leitura monótona. Aqui está, exclamou. O que estivemos procurando. Estão vendo, o dr. Relling está certo, vejam só! É claro que o dr. Relling está certo, nós todos podíamos ter dito o mesmo que ele, ele acertou em cheio. Mesmo assim, o drama está com Gregers Werle. É o que *ele* diz que faz a peça trombar, ele disse, sabe-se lá por que razão, talvez quisesse dizer tombar ou tropeçar. Ele ficou um pouco confuso com este "trombar" que escapou da sua boca. Sim, "trombar" ele repetiu, por que o que diz Werle? Bem, ele diz: Se o dr. Relling estiver certo, o que estamos fazendo aqui é perda de tempo, e o dr. Relling está certo, afinal, mas e daí? Bem, é o que ele diz, droga!, ele exclamou. O que Gregers Werle diz, é isso que é o drama! O que fez Gregers Werle, afinal? Ele matou Hedvig, ele a atraiu, a seduziu com palavras para realizar esse sacrifício. Hedvig, a criança quase cega, adolescente, com uma pistola na mão, dentro de um sótão absurdamente escuro, para fazer um sacrifício, e que de repente entende que não é o pato selvagem, mas *a si mesma* que ela deve oferecer ao seu pai, esse pai que ela nem sabe ao certo se é de fato seu pai, ela tem dúvida, mas ela é sua filha até a morte, disso não tem dúvida, então, por que o pato selvagem quando ela tem a si mesma, até a morte, para oferecer? E é o que ela faz! O tiro é dado. Agora ele tem que entender que é seu pai, e que ela o ama. Quanta crueldade no cerne dessa peça, ele exclamou. O irmão mais velho leva sua irmãzinha à morte, e depois precisa ver o pai imaginado mostrar uma tristeza *sincera*, senão a vida não vale a pena ser vivida. Gregers Werle está tremendo, tanto pelo próprio feito quanto pela possibilidade de o dr. Relling estar certo. E o dr. Relling está certo, mas é o estremecimento de Gregers Werle que é... que é... Ele procurou desesperadamente a palavra. Estava na pista certa, mas não achou a palavra. Estava na ponta da língua, mas não saía. Estava aflito, não por ser incapaz, como professor, de dar uma interpretação tão brilhante do drama *O pato selvagem* quanto a que imaginou *ver* pelo olhar interior. Essa parte ele achou plenamente compensada pela rara oportunidade, ele não hesitaria em dizer, a grande sorte, que os alunos acabaram de ter ao observar de perto um homem adulto se debater com questões essenciais do nosso legado cultural de um modo satisfatório, embora imperfeito, o que o fez gaguejar, suar, seguir linhas de pensamento até onde, do seu modo incompleto, era capaz, e se isso não fosse suficiente para fazer as narinas de pelo menos alguns dos seus alunos começarem a *farejar* as condições que serviriam de base para suas vidas, como uma espécie de alicerce, e mesmo que eles nunca mais lessem essa peça de Henrik Ibsen, ainda assim entenderiam as razões de ela estar presente aqui e agora. Não, seu desespero era só por não encontrar as palavras que estava procurando, e que ele sentiu estarem próximas, mas na hora de querer apanhá-las e pronunciá-las, elas não estavam lá, a não ser por uma inútil e miserável palavra substituta, até com certo grau de semelhança, mas nem perto do que tinha procurado e achava ter encontrado. Terrível!, ele exclamou, temos que repetir a cena.

Ele pede a uma das alunas, uma jovem de dezoito anos, que releia o texto. Ela se debruça sobre o livro e começa a ler. Mas naquele exato momento ouviu-se um suspiro resignado de outro aluno, que não conseguiu se conter. Alto e bom som, beirando um rugido selvagem, tão insolente que ele, no íntimo, teve um sobressalto, mas apesar do olhar furtivo da classe, resolveu ignorar e sinalizou para a moça continuar. Ela leu. Uma adolescente com rosto triste, um tanto acanhada, e uma voz doce com um toque de novilho, leu como se procurasse as palavras antes de dizê-las, um pouco trôpega e tateante por não entender o que estava escrito, ou por seus cílios estarem cobertos com uma camada de orvalho, decorrente de uma insuportável e manifesta sonolência que a cegava como uma lágrima, de modo que não enxergava com clareza, e era obrigada a catar as palavras, uma a uma. "Relling (aproxima-se de Gregers e lhe diz): 'Ninguém jamais vai me convencer de que foi um acidente.' Gregers (horrorizado e consternado): 'Ninguém pode saber como essa terrível desgraça aconteceu.' Relling: 'A blusa tem pólvora queimada. Ela deve ter apertado a pistola contra o peito e atirado.' Gregers: 'Hedvig não morreu em vão. Não vê como o sofrimento libertou a grandeza de Hjalmar Ekdal?' Relling: 'A maioria das pessoas mostra certa grandeza ao chorar diante de um morto. Mas por quanto tempo você acha que esta magnanimidade vai durar? Gregers: Como? Por que não poderia durar e crescer durante toda a vida?' Relling: 'Dentro de alguns meses, a pequena Hedvig não será nada para ele além de um pretexto para belas palavras.' Gregers: 'Como pode falar assim de Hjalmar Ekdal!' Relling: 'Voltaremos ao assunto quando tiver secado a primeira grama sobre o túmulo. Então vai ouvi-lo dizer frases como 'a criança prematuramente arrancada do coração de seu pai' e observá-lo chafurdar em pieguice, autoadmiração e autocomiseração. Espere só para ver!' Gregers: 'Se *você* estiver certo e *eu* errado, a vida não vale a pena ser vivida.' Relling: 'Ah, a vida até que poderia ser boa, se não fossem esses malditos credores que vêm batendo na porta de gente pobre como nós, com suas reclamações do ideal.' Gregers (olhando no vazio): Neste caso estou feliz com a minha decisão.' Relling: 'Qual seria então sua decisão, se me permite perguntar?' Gregers (indo embora): 'Decidi ser o 13º à mesa.' Relling: 'Ora bolas, conte outra!'"

Ele ouviu a leitura gaguejante com crescente irritação e ficou completamente paralisado. Não devido à leitura, mas por causa do gemido reprimido e agressivo ouvido na sala de aula pouco antes de a jovem começar a ler. E que ele não comentou. Ficou tão paralisado que foi incapaz de dizer "Obrigado" quando ela finalmente chegou às palavras marcantes de Gregers Werle, que para ele tinham se tornado a chave da peça, quer dizer, eram a entrada para aquela clareira onde as pistas que ele acreditou ter descoberto se encontravam, apontando mais para dentro, e eram o motivo de ele pedir uma nova leitura dessas linhas. Tinha a esperança de que, ao voltar àquele comentário, veria novamente e poderia seguir as pistas clareira adentro. Mas quando ela chegou lá, foi incapaz de detê-la, deixando-a, no seu modo gaguejante, continuar a ler também as últimas e conclusivas falas do drama *O pato selvagem*. Estava tão irritado que não conseguiu se concentrar na peça. Aquele gemido intenso. Agressivo em toda sua pujança juvenil. Que ele fingiu não ouvir. Foi humilhante, mas como não fez nenhum comentário, tinha a esperança de que seus alunos pensassem que sua falta de censura devia-se ao fato de ele ser tão condescendente que nem se importava com futilidades desse tipo. Mas não era esse o motivo, ele sabia bem. Simplesmente não teve coragem de dizer o que quer que fosse e, ao perceber tal fato, se sentiu completamente paralisado e incapaz de pensar com clareza. Maldição! Teve de admitir que em circunstância nenhuma teria coragem de protestar. E não era a primeira vez; sempre que a classe chegava a ponto de um, ou vários, se manifestarem daquele modo, ventilando sua justa indignação, ele se sobressaltava e fingia não ouvir. Porque o atemorizava. Aquele gemido juvenil e presunçoso. Temia o que podia desencadear se enfrentasse a situação. Tinha de reconhecer que tinha medo deles e não ousava repreender um aluno que gemia por efeito da sua aula. Tinha de reconhecer que não ousava

lançar um olhar de censura àquele aluno por ele ter tomado
a liberdade de soltar um suspiro tão sofrido por eles mais
uma vez e na mesma aula terem de reler o final da peça *O
pato selvagem*, e com frieza e clemência repreendê-lo: Poupe
seu fôlego, preste atenção! E não era por covardia, ele via
seu medo como uma expressão das estruturas vacilantes
que ele mesmo representava e que exigia certo cuidado da
sua parte, sobretudo porque seus jovens alunos, apesar de
sua arrogância, não estavam cientes da força social que *eles*
representavam. Por isso, podia até se permitir irritá-los com
seu ensino exemplar, mas não podia provocá-los tão acintosamente até o ponto de se levantarem em protesto, dizendo
que não iam mais aturar aquilo. Temia o momento em que
se levantassem, batendo nas carteiras, exigindo respeito
por seu valor inato, porque então ele estaria desamparado.
Porque não havia dúvida, afinal de contas, em vista das circunstâncias, que eles estavam certos e ele estava errado.
Seu ensino não estava à altura, porque os pressupostos que
ele tomava como base não valiam para eles, e era só uma
questão de tempo, ele temia, até ficar absolutamente claro
para todos que a sua missão, já hoje bastante dolorosa,
se tornaria supérflua. Contudo, ele se permitiu sentir um
grande desconforto por antever essa realidade. Permitiu que
a irritação lhe subisse à cabeça, paralisando sua língua com
a mera lembrança do estado real das coisas, a fonte do seu
medo. Como agora. Quando a jovem de dezoito anos terminou sua leitura gaguejante, ele sentiu uma forte irritação
e sabia que não estava mais em condições de seguir a pista
que há pouco pensou ter descoberto, mas sem encontrar as

palavras que a descrevesse. Por isso, olhou o relógio e disse: Lamento, vamos ter que terminar a análise de *O pato selvagem* por hoje, preciso usar o resto da aula para dar alguns avisos práticos. Experiente como era, conseguiu se estender de modo que o sino tocou no exato momento em que terminou de dar o último aviso sobre deveres, redações etc., e os alunos puderam fechar suas edições escolares da peça *O pato selvagem* com um estrondo e enfiá-las nas mochilas, ao mesmo tempo que ele fechava a sua, silenciosamente. Os alunos se levantaram das carteiras e ficaram bem à vontade, os altos e desengonçados ou os corpulentos e metidos, 29 jovens desatinados que agora deixavam a sala de aula vazia, passando por ele, rente à mesa, indo felizes para o intervalo, alguns já com os fones do walkman nos ouvidos e estalando os dedos. Ele também se levantou, sentindo-se cansado, gasto e profundamente desapontado. Os alunos passaram por ele em pequenos grupos e alegres bate-papos sem lhe dar a mínima atenção, um impressionante retrato da saudável e destemida juventude norueguesa, agora libertos de uma aula de dois períodos de rituais artificiais e antiquados. Subitamente gritou para eles: Para segunda-feira, vamos finalmente desvendar o cerne da questão. Então, poderemos entender os estremecimentos de Gregers Werle. Seus fortes tremores, como diz o texto. Mas continuaram a passar por ele sem dar um mínimo sinal de terem assimilado o que dissera, e quanto às suas duas últimas frases, nem devem ter ouvido, porque só viu as costas dos últimos alunos desaparecerem, de modo que teve de constatar que estava totalmente só na sala de aula, gritando atrás deles, embora não precisasse se aborrecer com isso, afinal trata-se apenas uma pose um tanto cômica que eu mesmo adotei e eles nem notaram, acrescentou para si mesmo.

    Ele entrou na sala dos professores. Na segunda-feira, só tinha essa aula de dois períodos (sua carga horária estava reduzida por ser professor titular de norueguês na escola), e, assim, o trabalho do dia estava cumprido. Ensaiou um sorriso condescendente com a vida e com seu papel nela, mas não conseguiu. Pff, pensou, cada coisa que se tem de aturar neste mundo, tentando afastar os episódios desagradáveis daquela manhã, antes de entrar na sala onde seus colegas estavam descansando para a próxima aula. Ele conversou com dois colegas sobre amenidades, e se deu conta de que os efeitos do aquavit do dia anterior ainda não tinham abandonado seu corpo e sua cabeça, e se pegou querendo tomar uma cerveja, mas era obviamente cedo demais. Sentiu que tinha conseguido se acalmar e por isso resolveu sair da escola, não tinha mais o que fazer por lá e podia preparar o dia seguinte muito melhor em casa, no próprio apartamento. Quando chegou à porta principal, reparou que tinha começado a chover. Não muito, era apenas uma garoa, mas o bastante para ele ponderar se abriria ou não o guarda-chuva; no curto trajeto para casa não se molharia muito. Mas já que tinha trazido o guarda-chuva, resolveu usá-lo. Tentou abri-lo, mas não funcionou. Apertou o botão que deveria fazer o guarda-chuva abrir automaticamente, mas nada aconteceu. Apertou o botão novamente, com mais força, mas nada aconteceu. Nem isso, ele pensou, aborrecido. Tentou uma terceira vez, sem resultado. Então tentou abri-lo à força, mas tampouco funcionou, o guarda-chuva resistiu de modo que mal conseguiu que as varetas se esticassem, e até para isso teve que aplicar bastante força. Então perdeu as estribeiras. Estava no pátio da Escola Secundária de Fagerborg, no intervalo, tentando abrir seu guarda-chuva. Mas não conseguia. Havia centenas de alunos em torno, e alguns deviam tê-lo visto. Basta! Ele caminhou depressa até o bebedouro e, louco de raiva, bateu o guarda-chuva na pedra. De novo e de novo bateu o guarda-chuva no bebedouro, até sentir o metal da haste ceder e a armação arrebentar. Satisfeito, continuou batendo. Através de uma espécie de neblina viu os alunos se aproximando devagar, em profundo silêncio, como se viessem furtivos em sua direção, formando um semicírculo à sua volta, mas a uma distância respeitosa. Enraivecido, bateu o cada vez mais frouxo e esfarrapado guarda-chuva contra o bebedouro. Quando percebeu que a armação estava se soltando, pegou o guarda-chuva, jogou-o no chão e pulou em cima, antes de usar o calcanhar na tentativa de despedaçá-lo. Depois apanhou o guarda-chuva do chão e bateu outra vez no bebedouro, a armação já quebrada e contorcida, as varetas apontando desgovernadas em todas as direções, algumas chegaram a cortar sua mão, e ele viu que começou a sangrar. Estava cercado de alunos, alunos furtivos, silenciosos, de olhos arregalados. Estavam ali à sua volta, boquiabertos e imóveis, sempre a uma distância respeitosa. Estava no meio do intervalo do almoço e alguns seguravam suas marmitas. Através de uma bruma, vislumbrou os rostos dos mais próximos, até com uma estranha nitidez. Uma loira alta o olhou espantada, ele notou, como faziam também dois alunos formandos, e um ridículo espanto nos seus rostos o deixou ainda mais furioso. Ele encarou a loira alta. Vadia! gritou. Coma seu lanche! Sua balofa! Ele agarrou o guarda-chuva preto e destroçado e partiu para cima deles. Ao chegar perto, os alunos se afastaram depressa para os lados, deixando-o cambalear pelo pátio vazio e molhado até sair da escola, entrando na rua Fagerborg. Livre, finalmente livre, longe deles! Caminhou depressa, com passos alucinados, consoante sua agitação, e nesse estado de espírito começou a gemer, ao cair em si e se dar conta do que tinha feito.

Ele desceu a rua Fagerborg, por onde andara tantas vezes, só que dessa vez ele não virou à direita na esquina com a rua Jacob Aall, como sempre fazia, mas continuou pela sinuosa Fredensborggata, até desembocar em Pilestredet, por onde continuou, ao longo de Stensparken, descendo Norabakken rumo a Bislett, e ter escolhido esse caminho, mesmo que por instinto, era uma clara expressão da sua angústia, porque esse caminho não o levava para casa, como o caminho que automaticamente costumava guiar seus passos para a rua Jacob Aall, mas levava-o em outra direção, para o centro, para a multidão lá embaixo, onde talvez pudesse sumir, pensou vagamente, durante sua marcha frenética. Mas uma coisa estava bem clara para ele, qual seja, que este era o fim do seu ofício de 25 anos como educador público na escola norueguesa. Era sua derradeira queda. Sabia que estava deixando a Escola Secundária de Fagerborg para sempre e que nunca mais ensinaria. Tinha caído, e tão irremediavelmente, que nem desejava se reerguer, nem mesmo se eles o levantassem. Retornar era impossível, independentemente das tentativas do reitor e dos colegas de minimizar o incidente como um chilique que podia acontecer com qualquer um. Não aconteceu com qualquer um, aconteceu com ele. Será que os colegas tinham visto o episódio? A ideia o fez gelar. Por um momento ficou imóvel. Meu Deus, não pode ser verdade!, exclamou em voz alta. Mas podia ser verdade. Por experiência sabia que os colegas que ficam batendo papo descontraídos na sala dos professores estão extremamente atentos às irregularidades que ocorrem no pátio da escola, mesmo que não estejam olhando; enquanto conversam entre si, estão sempre de ouvidos abertos, e se de repente surge um silêncio total lá fora, em vez do murmúrio monótono com eventuais gritos de vozes estridentes, não os habituais risos e afins, mas uma quietude absoluta, pelo menos um professor então se levantará para ir à janela e ver o que poderá ter acontecido, seguido por outro, depois um terceiro, até todo o corpo docente ficar enfileirado à janela, olhando para o pátio, e lá teriam visto... Não, não, ele se interrompeu, não devo mais pensar nisso. Acabou. Pelo menos preciso me livrar do malfadado guarda-chuva, ele pensou e olhou irresoluto em torno à procura de uma lixeira pública onde pudesse deixá-lo. Mas não devem ter ouvido o que gritei, pensou, num momento de alívio, por outro lado, não ia demorar até ficarem sabendo, acrescentou sombriamente para si mesmo. É um desastre, pensou, pasmado. Para mim é uma desgraça, não tem outra palavra, emendou preocupado. Em que enrascada fui me meter!, exclamou irado. Que idiota eu sou! Mas ele não achou nenhum consolo em chamar a si mesmo de idiota, porque, por mais idiota que fosse, o feito era irreversível. É a pior coisa que podia acontecer!, exclamou, como se ele por um momento não acreditasse nas próprias palavras. O que vai ser de mim!, disse, desesperado, para si mesmo. E como vai ser para a minha mulher? Como vou contar isso a ela? Como vou contar que o chão de repente foi arrancado debaixo dos nossos pés, e tudo por minha culpa? Em outras palavras, pensou, de que vamos viver? E a vergonha?, acrescentou. Não, a vida não será como antes, constatou, pensativo. Ele caminhou aflito pela tranquila rua Fagerborg e pela igualmente tranquila Pilestredet, estava garoando, ele notou pelas lentes embaçadas dos óculos e o cabelo molhado. O asfalto estava enegrecido pela umidade e montes de folhas ressequidas molhadas estavam espalhados no asfalto e nos capôs dos carros estacionados na pequena rua residencial. O céu era de um cinzento uniforme, quase opaco, agora que a chuva finalmente caía. Mas ele só notou uma garoa calma no cabelo e nos óculos quando passou pelo Stensparken. Em Norabakken, ele finalmente avistou uma lixeira, onde meteu seu malfadado guarda-chuva, e notou com certa surpresa que seu corpo se sentiu como que aliviado por se ver livre dele, como se carregar ou não aquele objeto esfarrapado fizesse alguma diferença. Ele olhou as mãos e limpou o resto de sangue que ainda estava saindo. Chegou a Bislett e parou na rotatória. Que rumo tomar? Ele podia ir pelo bairro Homansbyen, ao longo da bela rua Josefine, até o sinal na rua Hegdehaug, onde podia continuar pela rua Josefine até a igreja de Uranienborg e Briskeby, ou podia descer Bogstadveien até o Lorry (um chope seria bem-vindo agora, pensou) e então pela Wergelandsveien, passando pela Casa dos Artistas e pela Casa da Associação dos Professores da Escola Secundária (não, não, isso não) rumo ao centro, ou pelo parque do castelo, o Slottsparken, que nunca é tão majestoso quanto agora, quando as folhas caíram e as árvores estão com os galhos nus contra o céu chuvoso, com uma misteriosa luz cinzenta entre os galhos inferiores e o chão, uma belíssima imagem. Ele podia se ver caminhando pelas trilhas que cortam o Slottsparken, descendo até a rua principal da capital, Karl Johan, ou podia subir Bogstadveien até Majorstua e o famoso restaurante Valkyrien (o Valka, pensou, mas assim teria feito um longo desvio, o que ia parecer ridículo, mesmo que ninguém soubesse disso na hora de passar pela porta). Ou ele podia continuar pela Pilestredet, que o levaria às ruas movimentadas do centro. Mas eu não imaginaria isso se estivesse aqui pela primeira vez na vida, sem nunca ter visitado Oslo, pensou, olhando para baixo na direção da rua Pilestredet. Porque parecia que, se seguisse pela Pilestredet, entraria num perigoso beco sem saída que levava a armazéns sombrios, um depósito de pneus e calhambeques enferrujados na área lamacenta do porto, porque o que ele viu de onde estava era, no lado esquerdo, uma fábrica lúgubre, uma cervejaria antiga e, no lado direito, uma série de fachadas de prédios de apartamentos caindo aos pedaços e, além disso, a Pilestredet era bem estreita, parecia pouco seguro continuar descendo por ela, pensou, diferente do que subir a rua Therese, uma rua cheia de vida e charme. Olhando daqui, do ponto de vista de alguém perdido, seria natural subir a rua Therese, atraído por sua animação atrevida, que fazia pensar que ela ficava bem no movimentado centro da cidade, um olhar para a subida íngreme dessa rua levaria a crer que, no topo, o centro de Oslo se abriria, com suas avenidas magníficas, o Palácio e o Parlamento, o Teatro Nacional e a Ópera, uma verdadeira capital de um povo invejável do rico Ocidente que já há quase um século vive em abundância, de modo que, quando o bonde azul sobe a Pilestredet, entrando na rotatória de Bislett, e devagar começa a subir a rua Therese, somos levados a pensar que ele vem do sombrio subúrbio de Oslo a caminho do centro reluzente, enquanto na verdade é bem o contrário; não que Adamstuen seja um subúrbio sombrio, mas é limite com o centro da cidade, e no lado de lá de Adamstuen começa a vida do campo, com suas mansões e românticas casas geminadas, ele pensou, antes de subitamente ficar furioso consigo mesmo. Era lá hora de ficar fantasiando dessa maneira, em vez de pensar em como contar tudo à sua mulher? pensou, sarcástico, ou como vai passar os próximos quinze anos até receber seu primeiro cheque de aposentadoria? pensou, igualmente sarcástico. Que rumo tomar, então? Passar ao longo de Bislett e depois subir a Dalsbergstien até a St. Hanshaugen e o famoso e tradicional restaurante Schrøder (uma cerveja, pensou, faz tempo que estive no Schrøder). Ia atravessar a rua, primeiro em direção às piscinas de Bislett e depois contornar o estádio, quando, de repente, ao ver o Estádio de Bislett no outro lado da rua, foi tomado por uma sensação de puro prazer estético. É realmente um belo estádio, pensou. Art Déco. Um ornamento para a cidade. Pequeno para ser o estádio principal de uma capital europeia, mas que belas proporções. E a inesperada acústica, com o eco das paredes de concreto ressoando quando os rugidos de euforia batem nelas ricocheteando, pensou, antes de gelar outra vez ao lembrar o que havia feito. De que vamos viver? perguntou-se aflito. O que vai acontecer a ela? Receio que não vá furtar-se a humilhar a si mesma e a mim. Não vou aguentar, pensou, sombrio. Mas se isso for verdade, o que infelizmente é, então está tudo acabado!, exclamou baixinho para si mesmo, abanando tão energicamente a cabeça em desespero que os transeuntes o olharam curiosos. Parado ali na rotatória de Bislett, indeciso como nunca estivera sobre que direção tomar, ele olhou perplexo para as mãos que continuavam sangrando, e encontrou um lenço, que colocou sobre o corte profundo.

    Pois é com sua mulher que Elias Rukla se preocupa, agora que se metera nessa situação penosa, que significa que ele terá de dizer adeus a toda sua vida social, era impossível imaginar outra consequência da avalanche que o acometera, e mesmo que conseguisse, não mudaria nada, já que ele teria dado de ombros a qualquer outra solução proposta, dizendo um obstinado "não". O nome dela é Eva Linde, e quando Elias Rukla a conheceu ela era de indiscutível beleza, como também era quando se casou com ele oito anos depois. O fato de terem se passado oito anos desde que ele a conheceu até se casarem ocorreu porque ela, nesse meio-tempo, esteve casada com seu melhor amigo. Foi assim que ele a conheceu. Como a mulher de Johan Corneliussen. Foi no fim dos anos de 1960, os três tinham vinte e poucos anos; Elias Rukla beirava os trinta, os outros dois, os namorados, tinham em torno de 25.

Deve ter sido em 1966 que Elias Rukla conheceu Johan Corneliussen no Instituto de Filosofia na Universidade de Oslo, em Blindern. Ele estava lá para fazer um curso que precisava para completar seus estudos de filologia, ao mesmo tempo que preparava sua tese em literatura norueguesa; àquela altura já tinha duas graduações acadêmicas, respectivamente em norueguês e história, e ainda estava vacilando entre história e norueguês como seu tema principal, mesmo depois de ter começado a escrever sua tese em norueguês, por isso era oportuno fazer logo o curso básico de filosofia, pois poderia precisar de qualquer maneira. Foi no Instituto de Filosofia que conheceu Johan Corneliussen, que já estava decidido a fazer o doutorado em filosofia e, por algum motivo, se tornaram amigos, tão amigos que em certos períodos eram inseparáveis, feito unha e carne, como se diz, e com boa razão, em se tratando de amizades entre estudantes. Eles eram bem diferentes, tanto no temperamento quanto, e sobretudo, na sociabilidade, ou aptidão social, de modo que a amizade entre os dois deve ter parecido um tanto esquisita se não fosse pelo fato de que grandes amizades entre jovens do mesmo sexo tendem a ser um tanto esquisitas.

Elias Rukla reparou em Johan Corneliussen pela primeira vez numa palestra sobre Wittgenstein, que os dois, o estudante de licenciatura e o doutorando, assistiam, o que deveria fazer Elias Rukla entender que talvez tivesse sido muito ambicioso. Bem no final da palestra, Johan Corneliussen havia levantado uma questão, e o palestrante, um bem conhecido discípulo de Wittgenstein, levou-a muito a sério. Para Elias Rukla, a pergunta parecera bem comum, tratava-se de uma distinção entre dois conceitos que lhe pareceram bastante simples, mas o palestrante ficou desorientado e travado por uns dois minutos antes de se dirigir ao estudante que levantara a questão, falando diretamente com ele no tempo que restava, até um outro grupo de estudantes ocupar o auditório para uma nova palestra. Elias Rukla conclui, então, que o questionador não era um estudante qualquer, o que logo ficou comprovado. No Instituto de Filosofia rumorejavam que ele tinha um grande futuro pela frente. A publicação da sua tese de doutorado sobre Immanuel Kant prometia ser um grande acontecimento. Depois disso, Elias Rukla passou a vê-lo pelos corredores do nono andar da Casa Niels Treschow, em Blindern, onde ficava o Instituto de Filosofia, e pensava: Ali está um homem com a minha idade que um dia talvez seja conhecido como um grande filósofo. Uma vez o viu participar de uma discussão no meio de um grupo de estudantes. Elias Rukla notou como ele se comprazia com a admiração dos seus colegas, sobretudo das mulheres. Elas prestavam atenção aos seus argumentos, e era visível o quanto gostavam de estar na companhia dele e de ouvi-lo falar. Não só o que ele dizia, mas também o tom de voz com que dizia. Estavam no meio de uma discussão, e Elias Rukla notou que, quando Johan Corneliussen terminou sua fala e outro aluno tomou a palavra para acrescentar algo ao que Johan Corneliussen havia dito ou para contradizê-lo, foi para Johan Corneliussen que continuaram olhando. Ficaram aguardando sua resposta,

e com grande expectativa, as estudantes, em particular. E
ele parecia gostar disso, pensou Elias Rukla, e para surpresa
sua notou que a observação não tinha nada de deprecia-
tiva. Ele gostava do ar de autossatisfação e alegria de Johan
Corneliussen quando este era o centro das atenções num
círculo de estudantes que discutiam. Havia nele uma espécie
de franqueza e vitalidade. Elias Rukla estava sentado sozinho
num banco, um pouco afastado do círculo de estudantes
que discutia animado, ele só ouvia *que* discutiam, mas não
o *que* discutiam, e passou a querer fazer parte do círculo,
ainda que não lhe parecesse natural, afinal ele era apenas
um novato na matéria, sem nada para contribuir, e mesmo
que se juntasse a eles só como ouvinte interessado poderia
parecer forçado. Mas logo depois que o grupo se dispersou,
e Johan Corneliussen passou por ele com outros dois estudantes, viu que sentia em inveja deles, porque já estava claro
para Elias Rukla que ter Johan Corneliussen como amigo
só podia ser enriquecedor. Quando, alguns dias depois,
Elias Rukla estava outra vez sentado num banco e Johan
Corneliussen passou sozinho no corredor e se deixou cair
no mesmo banco, Elias Rukla ficou paralisado pela timidez.
Posso filar um cigarro?, perguntou Johan Corneliussen. Elias
Rukla respondeu que sim com a cabeça, e estendeu o pacote
de tabaco. Johan Corneliussen confeccionou um cigarro com
o tabaco de Elias Rukla e o devolveu com um sorriso amigável. Ficaram sentados ali, lado a lado. Johan Corneliussen
fumando. Os dois em silêncio. Por fim, Elias perguntou: Por
que está estudando filosofia?

    Johan Corneliussen examinou Elias Rukla com um

olhar rápido e atento, mas como não viu sinal de riso no seu olhar, nem na sua voz, respondeu: E você? Por que você está estudando filosofia? A isto, Elias Rukla respondeu: Só estou fazendo o curso básico. Preciso colocar as ideias em ordem antes de começar minha tese de norueguês. Preciso de arrumação no cérebro. – Hum, para ter um senso de organização, essa é nova! Inusitado. Sobre quem está escrevendo na sua dissertação? Ibsen? – É, disse Elias Rukla, estou pensando nele. – Eu não te vi no seminário de Jacob sobre Wittgenstein? – Sim, disse Elias, notando que Johan Corneliussen chamou o responsável pelo seminário, o famoso discípulo de Wittgenstein, por seu primeiro nome e que vindo da sua boca soou natural. Ficou evidente que Johan Corneliussen achou a combinação Ibsen e Wittgenstein interessante, porque sugeriu que fossem ao Frederikke (a cantina, bar e restaurante dos estudantes) para tomar uma cerveja. Foram até lá e ficaram conversando por horas, tomando uma cerveja atrás da outra, e, quando estava escurecendo, Johan Corneliussen sugeriu que fossem ao Jordal Amfi para ver VIF contra GIF.

    Cruzaram a cidade no lusco-fusco de março. Retalhos de gelo, neve derretida e lama. Um crepúsculo chuvoso quando desceram do bonde e subiram no ônibus. O vento de março e os desolados prédios residenciais da capital. Por fim, o Jordal Amfi. Um estádio de hóquei no gelo na zona leste de Oslo. Holofotes. Johan Corneliussen e Elias Rukla nas arquibancadas, junto com trezentos ou quatrocentos outros torcedores de hóquei no gelo (Elias Rukla não era). A pista de gelo cinza fosco. Jogadores bem protegidos com capacetes e caneleiras se equilibrando encurvados sobre patins curtos em seus uniformes coloridos. Os tacos. O pequeno disco preto (que Elias Rukla achou tão difícil acompanhar). O som dos patins no gelo. O som da queda no choque entre dois jogadores. O som de tacos no gelo. Estavam bem no meio da torcida do GIF, a menor. GIF, ou Gamlebyen, era o clube de quem morava no bairro antigo de Gamlebyen, na parte central de Oslo. Era um respeitável clube tradicional, mas decadente. O VIF, ou Vålerenga, era o clube daqueles que moravam no bairro de Vålerenga, um pouco mais a nordeste. Gamlebyen já estava em declínio, enquanto Vålerenga teria muitos anos brilhantes a sua frente. Johan Corneliussen, que não era de Oslo, mas de uma cidade ferroviária na região Leste, torcia, por isso, pelo GIF. Agora estava torcendo nas arquibancadas, acompanhado de Elias Rukla. Ele tirou uma garrafa do bolso e ofereceu a Elias, tomou um gole e passou-a a outros torcedores ao redor. Gosto mais de hóquei do que de futebol, ele disse depois a Elias, mas não conte isso a ninguém, ouviu? Está ouvindo? Elias perguntou por que ele gostava mais de hóquei do que de futebol (para Elias era exatamente o oposto). É bem simples. Ritmo, disse Johan Corneliussen. O ritmo do hóquei é melhor para a gente. – A gente? disse Elias. Sim, a gente, respondeu Johan Corneliussen, tranquilo. As pessoas dos anos 1960. Hóquei é a resposta do esporte ao rock'n'roll. Estavam no Stortorvets Gjestgiveri tomando mais cerveja. Ficaram até fechar, depois foram até a residência universitária de Sogn, onde os dois moravam, embora em áreas distintas; não para se recolherem, cada um para um lado, mas para ir a uma

festa. Johan Corneliussen sabia de uma festa em um dos apartamentos, e foram para lá. Tocaram a campainha, Johan Corneliussen foi recebido com sorrisos radiantes, e logo estavam em plena festa. Cerveja e mais cerveja. De madrugada, Elias Rukla viu Johan Corneliussen desaparecer num quarto com uma mulher, e mais tarde apagou na mesa da grande cozinha comunitária do andar em que acontecia a festa. Ele dormiu com a cabeça nas mãos, de início ouvindo ruídos ao redor, e depois nada. Sentiu um toque no ombro. Levantou a cabeça, era Johan Corneliussen. A luz entrava tênue pelas janelas da cozinha da residência universitária de Sogn. Johan Corneliussen estava com uma garrafa gelada de aquavit nas mãos. Café da manhã, anunciou e começou a tirar a comida da geladeira, sardinha, queijo. Ovos cozidos. Elias Rukla foi ao banheiro e passou água no rosto. A primeira leva de estudantes que moravam ali se arrastou para fora dos seus quartos. Todos estiveram na festa da noite anterior, e foram convidados para o café da manhã.
Sentaram-se à grande mesa da cozinha, homens e mulheres, e alguns se deixaram persuadir a provar o aquavit gelado e um copo de cerveja, arruinando, assim, um dia de estudos, enquanto outros disseram um firme não, conseguindo se arrastar até a universidade em Blindern. Entre aqueles que se sentaram à mesa estava a estudante que Elias Rukla pensou ter visto entrando num quarto com Johan Corneliussen à noite, ela só tomou o café da manhã e não quis beber. Sentou-se ao lado de Johan Corneliussen, mas nada indicava que havia algo entre os dois, ou que tivesse havido algo entre eles na noite passada. Johan Corneliussen

conversou com ela de modo amigável, um tanto animado, marcado pela ressaca e já numa embriaguez nascente, tão nascente quanto o sol de março lá fora, que nascia dourado nas janelas da residência universitária de Sogn, e ela riu com ele, como se não estivesse com ele à noite, ou melhor, como se *estivesse* com ele à noite, mas agora era de manhã, e o sol estava brilhando para um novo dia, que para ela significava estudar na biblioteca de Blindern, para ele, um novo dia em crescente embriaguez, que certamente o faria apagar subitamente em certa altura da tarde, totalmente exaurido. Mas isso pertencia a um futuro distante. Agora estavam numa cozinha na residência universitária de Sogn, Johan Corneliussen, Elias Rukla e dois estudantes, um homem e uma mulher, tomando aquavit e cerveja, passava do meio-dia e Johan Corneliussen começou a ficar irrequieto. Queria seguir adiante e perguntou se Elias Rukla queria ir com ele. Saíram correndo para a luz do dia e desceram os morros da residência universitária de Sogn, rumo a novas aventuras. Johan Corneliussen levou a garrafa de aquavit, já meio vazia, para não dizer meio cheia, no bolso interno, e lá foram eles um tanto cambaleantes em direção à cidade. Pois até o centro de Oslo era uma única e longa descida, e eles trambecaram, tropeçaram, caíram e escorregaram morro abaixo. No pé do morro existia uma grande cidade, a capital de um pequeno país que se chama Noruega, como os dois bem sabiam, pois seus conhecimentos linguísticos eram enormes, sabiam de imediato que língua falavam os nativos que os cercavam, vindos de todos os lados. Bastava ouvir o tom de voz e já sabiam, os nativos terminavam sempre a frase subindo a entonação, por isso os experts podiam olhar um para o outro e exclamar, em uníssono: é *norueguês*, estamos na Noruega! Sim, estavam na Noruega, na capital da Noruega, com seu Palácio e o Grotten, o Parlamento e a Administração, Enevold Falsen, Frederico XI, a Universidade, o Teatro Nacional, letreiros luminosos e sinais de trânsito, lojas de departamentos e ruas decoradas com bandeiras. Pois é, há bandeiras na rua Karl Johan, bandeiras e banners, tudo misturado, veja, a bandeira norueguesa e a bandeira alemã, não, é a bandeira belga, de qualquer forma pendiam lado a lado ao longo da rua inteira, cheia de desfiles, ouviram gritos de hurra, e viram uma multidão com bandeiras nas mãos abanando para duas limusines pretas vindo pela acidentada rua Karl Johan, e então, um pouco confusos, Johan Corneliussen e Elias Rukla deram uma guinada, entrando numa rua lateral, e essa rua lateral era de viés, e se chamava, de modo bem ilustrativo, Grensen, a Fronteira. Tinham chegado a Grensen, e não é que chegou também um bonde azul, e correram atrás dele e pularam para dentro, mas aí Johan bateu com a cara na porta e ficou a ver o sol e milhares de estrelas (contou a Elias, que estava debruçado por cima dele, ajudando-o a se levantar), o bonde parou, e o condutor veio correndo e agora, Agora, Johan Corneliussen, que Elias havia ajudado a se levantar, e que agora estava em pé e com o casaco aberto, conseguiu negociar com o condutor, de modo que ele voltou para a cabine e abriu a porta para poderem entrar triunfantes no bonde prometido, que os levou pelo centro da cidade, antes de começar a subir outra vez, ladeado por sombrios prédios residenciais, e de repente estavam no subúrbio, e após um interminável passeio pela área suburbana, o bonde parou de vez no ponto final, onde o condutor desceu do bonde, seguido por Johan e Elias. Tiveram uma conversa longa e instrutiva com o condutor, que era perito em formações rochosas e variedades de pedras e sedimentos vulcânicos naquela área e numa circunferência de cem quilômetros ao redor daquele ponto. Mas quando chegou a hora de o bonde descer de novo com o mesmo condutor, eles se despediram de seu querido amigo e caminharam sozinhos pelas ruas no meio das mansões daquela área. E, por azar, acabaram se perdendo! Todas as mansões eram tão parecidas, as ruas da mesma largura, a neve empilhada nos lados da mesma forma e altura em todo lugar, e como não havia uma alma à vista, não foram capazes de sair do labirinto onde se encontravam. Andaram por horas tentando encontrar a saída, mas não conseguiram, não até o fim da tarde, quando os maridos vinham voltando em seus carros para casa, então pararam um desses homens no momento em que ia do seu carro estacionado na garagem para sua bem protegida casa no final de uma rua que media uns vinte metros, onde a neve fora cuidadosamente retirada, e conseguiram fazer o homem um tanto desconfiado explicar como encontrar o caminho de volta para o ponto final do bonde. Já era tempo, porque só faltava uma hora para começar o esqui alpino em St. Anton na TV, disse Johan Corneliussen. Mas conseguiram. Irromperam no Krølle, o restaurante preferido de Johan Corneliussen na época, cinco minutos antes de começar a competição. O restaurante ficava no subsolo e tinha um aparelho de TV, entronizado em cima de um armário no alto da parede. Se sentaram em uma mesa para dois, de modo que Johan podia olhar direto para a TV, Elias, no outro lado, tinha que se virar para vê-la. O esqui alpino em St. Anton. Os participantes surgiram na tela, um a um, com capacete e equipamento de esqui, antes de se lançarem sobre o precipício na encosta dos Alpes. Heini Messner, Áustria. Jean-Claude Killy, França. Franz Vogler, Alemanha Ocidental. Leo Lacroix, França. Martin Heidegger, Alemanha. Edmund Husserl, Alemanha. Elias Canetti, Romênia. Allen Ginsberg, Estados Unidos. William Burroughs, Estados Unidos. Antonio Gramsci, Itália. Jean-Paul Sartre, França. Ludwig Wittgenstein, Áustria. Johan Corneliussen conhecia a força e a fraqueza de todos os competidores, e avisava Elias o tempo todo de que agora, agora tinha de prestar atenção, porque ali, naquele declive, Jean-Paul Sartre teria problemas, enquanto, agora, olhe como a agilidade de Ludwig Wittgenstein se manifesta naquele longo trecho plano, e olhe como o romeno Canetti poupa décimos ao encurtar a curva ali, quase tão bom quanto o francês Jean-Claude Killy. Depois do esqui, o cansaço os venceu, as cabeças pendiam sobre os copos de cerveja vazios, as barrigas roncando de fome. Não tinham um tostão. Mas Johan Corneliussen sabia como remediar a situação. Chamou a garçonete, explicou a situação embaraçosa em que ele, um frequentador assíduo, e seu bom amigo, Elias Rukla, se encontravam, e logo em seguida surgiram na mesa duas cervejas e dois pratos abarrotados de hambúrguer, cebola, batata, ervilha e cenoura, ao mesmo tempo em que um conjunto de temperos e molhos variados era trazido para a mesa, e onde se podia reconhecer o molho preto HB, vinagrete amarelo, ketchup e mostarda. Comeram. Beberam e comeram. E tomaram um gole ou outro da garrafa, mantendo total discrição. Tiveram conversas profundas sobre filmes que haviam visto. Sobre a superexposição da luz branca nas mulheres em *O ano passado em Marienbad*, e a superexposição da luz branca nas mesas de cafés desertas em *8½* de Fellini. Johan Corneliussen começou a discursar sobre o homem de Kongsberg, que de muitas maneiras havia lançado longas sombras sobre sua vida jovem. Demorou um pouco até Elias entender que ele estava falando sobre Immanuel Kant, e que Kongsberg evidentemente era uma adaptação de Königsberg. O homem de Kaliningrado, replicou Elias assim que captou a ideia. Johan Corneliussen expressou seu grande amor a frases simples, que não continham nada além do que diziam e nas quais o primeiro segmento era idêntico ao último, e a revelação que sentia quando o tempo e o lugar coincidiam e era possível pronunciar, com a maior naturalidade e beleza, uma frase como uma porta aberta é uma porta aberta. Ficaram assim por horas a fio, e então Johan Corneliussen ficou irrequieto e disse para irem a outra festa. De novo na residência universitária de Sogn. Dessa vez uma outra festa, em outro apartamento, outro prédio, com novos ganhos, como se expressou Johan Corneliussen. Foram para lá, tocaram a campainha, e a pessoa que veio abrir recebeu Johan Corneliussen com um sorriso radiante. Entraram para o calor e para a música. O apartamento estava cheio de estudantes, todos com garrafas e copos nas mãos. Elias tentou se manter perto de Johan

Corneliussen, mas tropeçou e o perdeu de vista. Em vez disso, recebeu um copo na mão e uma garrafa, com a qual ele naturalmente encheu seu copo, que segurou numa das mãos, além da garrafa, que também estava segurando na mão, se bem que na outra mão. Que coisa! Duas mãos, cada uma ocupada a seu modo! A festa passou por ele sem parar, era quase bom demais, e Johan Corneliussen também passou por ele, e sumiu outra vez, apareceu e sumiu, junto com tantas outras coisas que também apareceram e sumiram. Meninas de cabelo escuro de Sunnmøre e do interior de Sogn, loiras de Trysil, em suma, era demais. Ele tentou entrar na farra, afinal ele também estava presente, mas por algum motivo não conseguiu estabelecer contato com ninguém. Abandonado, abandonado. Onde estava Johan Corneliussen? Por que ninguém falava com ele, mesmo quando ele chamava alguém? Quando acordou, estava tudo quieto. E escuro. De novo acordara numa mesa de cozinha de uma residência universitária de Sogn. Alguém tivera a gentileza de apagar a luz, e a cozinha estava às escuras. Mas no meio da escuridão brilhou um tênue feixe de luz, vindo de fora, e ele entendeu que a noite estava chegando ao fim, e que estava presenciando o sutil romper da aurora de uma nova manhã no mês de março. A seu lado distinguiu Johan Corneliussen, que também estava dormindo ali. Ele estava sentado com a cabeça colada na mesa, e roncava. O silêncio era total, salvo por Johan Corneliussen que roncava de boca aberta. Elias Rukla estava totalmente exaurido. Entendeu que, para ele, a festa acabara. Seu corpo estava todo moído. Mas estava feliz por Johan Corneliussen também ter se acomodado ali. Entendeu que tinha encontrado um verdadeiro amigo. Deu-lhe uma cotovelada, e Johan Corneliussen acordou num sobressalto. – Estou indo, disse Elias. Você também vai? Johan disse que sim com a cabeça, antes de desmoronar de novo, a cabeça caiu na mesa e ele dormiu. Elias o cutucou de novo. – Escute, vamos embora? Johan fez que sim outra vez e se pôs de pé, de modo abrupto e pesado. Foram ao corredor, encontraram seus casacos e os vestiram. Saíram para o amanhecer gélido, seus corpos abatidos tremiam, e andaram até um cruzamento onde seus caminhos se separaram. – A gente se vê – disse Johan. – Claro – disse Elias.

  E eles se viram. Elias Rukla se tornou amigo de Johan Corneliussen, andavam sempre juntos, podiam ser vistos em todo lugar, sempre na companhia um do outro. Mesmo depois de Elias ter terminado seu curso básico de filosofia e retomado seu estudo de letras (Norueguês), que não tinha, aliás, abandonado de todo, já que mantivera seu lugar na sala de estudos no Instituto Nórdico mesmo quando se preparava para o exame de filosofia. Não há como negar que Elias Rukla admirava seu amigo. Se bem que tentava esconder isso do amigo e dos outros, se conseguia é uma questão em aberto. Mas não escondia o fato de si mesmo. Ele estava bem ciente de que admirava o seu inseparável amigo, até sentia orgulho por poder estar perto dele a toda hora, de fato tão perto que, quando os outros viam Elias, olhavam em torno esperando ver também Johan Corneliussen. Também estava ciente de que quando Johan Corneliussen aparecia, os outros contavam com a presença dele, Elias, procurando confirmar tal fato com olhares de soslaio, como se fizesse parte da figura Johan Corneliussen. Sentia-se lisonjeado por isso, mesmo tendo a clareza de que, para os outros, ele era uma pessoa que vivia à sombra de Johan Corneliussen. De qualquer modo, isso evidenciava o fato de Elias Rukla ser amigo de Johan Corneliussen, e aos olhos dos outros só podia significar que também havia algo de especial nele também. Elias Rukla sempre se perguntava o que podia ser. Devia ter algo nele que fazia Johan Corneliussen preferir sua companhia a de outros, aparentemente mais espirituosos, mais divertidos, mais extrovertidos, e também mais abertos para com Johan Corneliussen do que ele. Mas o que poderia ser era para ele um mistério, melhor não se preocupar demais com isso, pensou, porque se eu descobrisse o que quer que seja, esse algo desapareceria ou se transformaria no seu oposto nada simpático, já que eu, ao saber, daria mostras disso de forma bem diferente do que faço enquanto não sei, ou se revelaria algo inferior, o que colocaria tanto Johan Corneliussen quanto eu numa luz menos lisonjeira, como descobrir que o motivo de Johan gostar de mim é o fato de eu fazer de tudo para esconder que tenho essa forte admiração por ele, pensava Elias. Mas o simples fato de pensar assim o deixava envergonhado, e quando era tomado por essa vergonha na presença do amigo Johan Corneliussen ele podia, às vezes, ficar bem amuado, ainda que Johan Corneliussen transbordasse de ânimo, e quando isso ocorria eles deviam parecer um par de amigos bem esquisito, o animado Johan Corneliussen, cheio de vida, acompanhado pela sua sombra amuada e rabugenta. Mas sua caturrice se devia unicamente à tentativa de esconder a enorme gratidão pelo fato de Johan

Corneliussen ser seu amigo e ter um sentimento tão grande por ele, a ponto de ficar tímido e triste ao ser invadido por essa onda de afeto que fluía em direção ao amigo sentado à sua frente, à mesa num café, por exemplo.

A amizade com Johan Corneliussen o enriqueceu. O apetite de Johan Corneliussen pela vida era enorme, e fez com que os dois tivessem uma bela vida de estudantes, embora bastante agitada. Com estudos e festas, discussões, numa busca fortuita de vida e felicidade. Johan Corneliussen tinha interesses tão ecléticos, e alternava entre um e outro tão facilmente, que Elias Rukla, que o seguia na maior parte, nunca teve uma sensação tão intensa de estar vivo. Johan Corneliussen passava sem esforço de hóquei no gelo a Kant, de interesse por cartazes publicitários à escola filosófica de Frankfurt, de rock a música clássica. De operetas a Arne Nordheim.[2] Ele mergulhava em tudo com sua mente febril girando, analisava e torcia, simultaneamente. Música, hóquei no gelo, literatura, cinema, futebol, publicidade, política, patinação. Além de esqui alpino, pelo qual nutria um interesse particular. Antiquários e Bislett. Clubes de filmes e aparelhos de TV. Ele era, sobretudo, um espectador. Não praticava muito, mas era ávido por esportes. Ele adorava estar nas arquibancadas em Bislett, acima de tudo no Anfiteatro Jordal, entre o minguado rebanho de torcedores do Gamlebyen, e na frente da TV, quando as grandes provas de esqui alpino entraram nas salas de estar no extremo norte. Nesse caso, para Johan Corneliussen, a sala de estar era invariavelmente

---

2 Compositor norueguês contemporâneo. (N.E.)

o Krøllen, um restaurante num subsolo próximo à igreja
de Uranienborg, onde Elias e ele ainda estariam sentados à
mesma mesa para dois por vários anos, na mesma posição
que da primeira vez, quando se conheceram, Johan com
o rosto virado para a TV no alto da parede e Elias com as
costas para a mesma TV, tendo que se virar um pouco para,
em parte, ver os esquiadores se lançarem no declive e,
em parte, ouvir os comentários certeiros do expert Johan
Corneliussen. Não era o fato de Johan Corneliussen se interessar tanto por filosofia quanto por esportes que despertava
a fascinação de Elias Rukla, porque muitos tinham também
esses interesses, inclusive Elias. Era mais pelo fato de ele
não hierarquizar seus interesses, nem emocionalmente, nem
intelectualmente. Ele ficava tão animado com uma prova de
esqui quanto com um belo filme de Jean-Luc Godard, e mergulhava em ambos com a mesma paixão analítica.

    Com Elias Rukla ele não discutia muito filosofia,
somente quando Elias queria algumas boas dicas para
a prova final que se aproximava. Relutava em falar de
Immanuel Kant. Mas Elias Rukla sabia com que expectativas
sua tese de doutorado (que pertencia a um futuro distante)
era aguardada. Por isso, Elias (frequentemente) achava
que havia algo de incompreensível nele. Achava que Johan
Corneliussen desperdiçava seu tempo estando sempre com
ele, fazendo tantas coisas fora da sua área de estudos, além
de toda a energia e o entusiasmo investidos no que fazia.
Muitas vezes teve de admitir que não entendia seu grande
apetite pela vida. O que movera um jovem com tanta avidez
pela vida a mergulhar no estudo de filosofia? Será que as

pessoas com mais gosto pela vida escolhiam o estudo de filosofia? Se for assim, por que as pessoas com maior avidez pela vida escolhiam justo o *pensamento* humano como área de estudo? Em vez de, por exemplo, engenharia? Quando Elias Rukla pensou sobre o assunto, ocorreu-lhe que os colegas do ginásio que começaram o estudo de engenharia não tinham se destacado por ter algum gosto especial pela vida, apesar de terem escolhido uma área que os tornaria homens de ação. Eles iam construir e erguer prédios, fazer as rodas girarem e as máquinas funcionarem, seus subordinados teriam que obedecer às suas ordens, porque sem essa obediência as rodas não girariam, as máquinas não funcionariam e os prédios não seriam erguidos, por assim dizer. Ao refletir sobre isso, Elias constatou que os colegas de escola que se tornaram engenheiros não tinham nenhum apetite especial pela vida, pelo contrário, eles simplesmente foram esforçados na escola e, no fundo, careciam de imaginação, além de serem conformistas, e isso valia para todos eles, sem exceção, pensou Elias. O único traço de imaginação que tinha encontrado entre os futuros engenheiros era uma predileção geral para contar piadas e cantar canções de revistas estudantis de Trondheim. Mas Johan Corneliussen não contava piadas nem cantava canções de revistas estudantis. Era simplesmente apaixonado pela vida. E mergulhara num estudo complexo do grande filósofo Immanuel Kant, enviando pequenas mensagens aos professores e colegas sobre suas descobertas, despertando grandes expectativas em todos. Esse (ainda) jovem que tanto queria absorver todas as coisas, que não deixava passar uma festa na residência universitária de Sogn sem pelo menos dar uma passada por lá, mesmo que fosse apenas por alguns minutos, para ver o que estava acontecendo, se estava perdendo alguma coisa e, se estivesse perdendo algo, mesmo assim podia voltar para seu quarto para ler uma determinada interpretação de Kant, porque pelo menos sabia *o que* estava perdendo, e que possibilidades o aguardavam naquela noite, em outras palavras, ele era um curioso nato, e era até conhecido por ter uma queda por fofocas em geral entre seus colegas no meio estudantil de Blindern e Sogn, esse (ainda) jovem que podia entrar em pânico por medo de perder, devido a outros afazeres, um jogo de futebol importante do Skeid (que era seu time, não o Vålerenga), ou talvez uma peça do teatro do absurdo apresentada pelo programa Teatro na TV, e que, assim que ficou sabendo que haveria um festival anual de jazz em Molde com um leque de figurões internacionais à luz intensa do verão, planejou viajar para lá, o que de fato fez (com barraca e tudo, mas sem Elias Rukla como companheiro de viagem, diferentemente das três farras de pura emoção e aventura em Copenhague, para onde foram a bordo do ferry da linha Noruega-Dinamarca e dormiram no convés), esse jovem tinha sua base de vida, o ponto fixo de sua existência, no pensador do século XVIII Immanuel Kant, da cidade de Königsberg no litoral báltico. Elias Rukla nunca parou de se perguntar sobre tudo isso. Por trás daquela sua testa ele leva uma vida bastante contemplativa, pensava, algo que não consigo entender. Por isso, insistia em questionar Johan Corneliussen sobre sua vida contemplativa com Immanuel Kant. Johan não gostava de ser interrogado dessa maneira, por vezes ficava bastante irritado, mas Elias não dava a mínima para isso. Insistia em perguntar, mas Johan Corneliussen preferia conversar sobre outros assuntos, sobre algo que ia acontecer em breve, talvez na mesma noite. Entretanto, vez ou outra Johan Corneliussen falava sobre o que era a base da sua vida. Nessas ocasiões, Elias Rukla apurava os ouvidos, mesmo tendo que admitir que não entendia muita coisa. Afinal, seus conhecimentos sobre Immanuel Kant não iam além do que um estudante com curso básico de filosofia precisava saber, e até para entender isso teve que dar duro. Ele apurava os ouvidos. Entendeu que Johan Corneliussen estava ligado ao Espaço e ao Tempo, essas duas categorias sem as quais não podemos realizar um pensamento sequer. Aqui, tudo se choca com seu limite. O Tempo. O Espaço. Aquilo que já era dado de antemão, com o que a mente de Johan Corneliussen se debatia, imaginou Elias Rukla. Uma pessoa que soubesse lidar com isso sem ter uma crise nervosa não teria uma tranquilidade interior, uma iluminação especial? Elias Rukla olhou cheio de expectativa para Johan Corneliussen, seu amigo alegre e generoso. Johan Corneliussen não respondeu. Guardou para si suas eventuais elucubrações, inclusive sua possível iluminação, sua imperdível e impagável tranquilidade interior. Mas ele disse que não era Kant em si que o interessava. Kant servia de base, mas não era o que buscava na sua tese de doutorado, que ainda estava vários anos no futuro. Ele se ocupava com todos os outros, todos os milhares de filósofos que tinham se manifestado em relação a Kant. A literatura kantiana, a literatura *sobre* Kant. A documentação do homem moderno. Estudar isso significava verdadeiramente estudar as possibilidades do pensamento humano. Não seria preciso estudar mais nada. Na literatura sobre Kant havia tudo que uma pessoa curiosa e inteligente do século XX podia imaginar, questionar. Através da relação de Marx com Kant se aprendia tudo. Só então seria possível entender o marxismo. O mesmo valia para Wittgenstein. Estudando o modo como Wittgenstein trabalha com Kant, como tenta, com o devido respeito, esquivar-se dele, chega-se imediatamente na pista do segredo de Wittgenstein. Ele mesmo estava tentando se juntar a essa numerosa e célebre companhia, enfim, sua meta era que sua tese de doutorado, na plenitude dos tempos, pudesse se agregar a essa série de dossiês sobre o pensamento humano. Mas como sua meta era tão ambiciosa, ele relutava em falar sobre o assunto, porque não era megalomaníaco e não gostaria de ser considerado pretensioso, afinal ele era apenas um simples jovem de 25 anos de uma cidade ferroviária na região Leste da Noruega, e certamente não tinha *visto* a verdade, se alguém assim pensasse, mas estava tentando elaborar algumas pequenas possibilidades no grande contexto constituído por dois séculos de humildes e apaixonantes interpretações kantianas. Mas para tal proeza precisava de tempo. Por isso, seus estudos iam devagar. Tão devagar que quando conheceu Eva Linde ele já estudava filosofia havia oito anos, e ainda estava longe, bem longe, de ver o fim do seu estudo de doutorado.

    Àquela altura, porém, Elias Rukla chegara a ver o fim dos *seus* estudos. No outono de 1968 prestou o exame final em filologia e, na primavera de 1969, cursou o chamado seminário pedagógico preparatório para seu ofício na escola superior, *o ginásio*. Ele se mudou da residência universitária de Sogn após ter encontrado um apartamento de três cômodos na rua Jacob Aall a um preço relativamente razoável, que comprou depois de levantar um empréstimo no banco, mesmo que ainda não tivesse um emprego como meio de subsistência. No entanto, conseguiu um na mesma primavera, na Escola de Fagerborg, onde começaria a lecionar a partir do outono como professor formado, com curso pedagógico e tudo. Johan Corneliussen foi seguindo como antes, um estudante admirado por seus colegas de ambos os sexos. Agora inclusive como líder estudantil, porque na época passou pelas universidades europeias uma onda de revolta, que fez de Johan Corneliussen um marxista declarado; e já que Marx é baseado em Kant, como vimos, isso não teve consequências graves para os estudos de Johan Corneliussen. Ele continuou como antes. Elias e ele estavam sempre juntos, para o que desse e viesse. Elias sempre visitava Johan na residência universitária, e saíam juntos para explorar o mundo real. Só uma coisa mudou, a saber, que Johan Corneliussen de repente começou a insistir em apresentar Elias Rukla a uma mulher que ele conhecera. Era algo novo, porque até então Johan Corneliussen sempre deixara as mulheres "de fora". Ele sempre havia estado "às voltas" com mulheres enquanto os dois iam explorando os labirintos da vida e nas festas estudantis, algumas vezes até "saiu" com a mesma mulher durante semanas, podia ser uma colega que ele havia seduzido, ou se deixado seduzir, com quem se deixava ser visto na cantina estudantil Frederikke ou em outros lugares, mas sem fazer muito alarde do fato; ia resoluto até a mesa de Elias com a mulher a tiracolo e se sentava sem fazer cerimônia, como se os três fossem velhos amigos, e, passadas algumas semanas, ela não aparecia mais, e ele falava dela de modo natural, como uma boa amiga que nenhum dos dois via mais com tanta frequência. Então, um dia ele convidou Elias para jantar no seu apartamento na residência universitária de Sogn, porque gostaria que Elias conhecesse uma jovem mulher que ele conhecera.

    Quando chegou à residência, os dois já estavam esperando por ele. Sentados no sofá no exíguo apartamento de Johan Corneliussen. A mesa incrementada com uma toalha branca, pratos e copos postos e guardanapos de papel para cada lugar. Espírito festivo. Foi quando Elias Rukla viu Eva Linde pela primeira vez. Quando Elias Rukla entrou na pequena quitinete onde Johan Corneliussen morava e dormia, para endossar o que presenciava como testemunho: o casal no sofá. Ela estava sentada ao lado de Johan Corneliussen e se levantou para cumprimentar Elias Rukla, e ele notou o caloroso aperto de mão "extra" que ela lhe deu (implorando, talvez). O novo casal parecia ansioso, e Johan Corneliussen expectante. E tinha toda razão de estar. A mulher era de uma beleza quase irreal. Estar na mesma sala que ela, ainda mais numa sala tão apertada, quase uma cabine de navio, era uma experiência esquisita. Ele esperava que ela fosse à cozinha para preparar a comida e servir. Mas foi Johan quem sumiu para em seguida trazer o jantar. Tudo fora preparado de antemão, por isso ele não se ausentou por muito tempo. Mas, nesse breve momento, Elias ficou a sós com ela. Engoliu em seco e perguntou o que ela fazia. Ela disse que estava fazendo provas do vestibular. Claro!, disse Elias Rukla, devia ter imaginado. Ela sorriu e não parecia nem um pouco surpresa com a exclamação idiota dele. Porque devia ter pensado o mesmo que ele, que Elias Rukla tinha somado dois mais dois e concluído que ela era aluna de Johan Corneliussen. Como doutorando talentoso em filosofia, ele recebia, já havia alguns anos, um bem-vindo ganho extra dando aulas de filosofia a fim de preparar os estudantes para o vestibular. "Doutorando Johan Corneliussen analisa problemas lógicos especiais" constava no catálogo dos cursos, no qual seu nome figurava entre docentes e professores. Ela não olhara diretamente para ele quando sorriu, seu sorriso era um pouco de viés, como que para a janela. Claro, porque Johan não estava na sala, pensou Elias. Ele gostou dela por esse detalhe. Johan entrou com a comida. Bife com molho béarnaise, que ele mesmo havia preparado. Com ingredientes básicos. E vinho tinto, Beaujolais Thorin. Foi a primeira (e única) vez que Elias foi convidado a jantar no apartamento estudantil de Johan Corneliussen. Fizeram um brinde, e a indescritivelmente bela Eva Linde também levantou sua taça e fez um brinde, e bebeu voltada para Elias, um pouco constrangida, e depois para Johan, mas muito perto, muito perto. O jantar. Johan Corneliussen o havia convidado para esse jantar. A indescritivelmente bela Eva Linde comia de modo quase imperceptível, de modo tão quieto, que Elias quase teve de segurar a respiração, e mal ousava engolir, por medo de soltar algum som pela boca, para não falar da concentração silenciosa com que mastigava para não evocar o mínimo de ofensa perante a silenciosa beleza sentada no sofá ao lado de Johan Corneliussen, como sua escolhida. Johan Corneliussen deve ter farejado o silêncio abafado na sala durante o jantar, e começou a conversar, mas não era com ela, sua escolhida Eva, que ele conversava para torná-la visível, era com ele, o amigo. Começou a conversa com o amigo com os assuntos de sempre. Então, Elias entendeu que devia agir exatamente como antes e se comportar, em relação a ele, Johan, como se Eva não estivesse presente. Conversariam como sempre conversaram. Johan Corneliussen estava animado e iniciou a conversa, falando de modo insistente, quase implorando. Seja natural, Elias! Não se preocupe em conversar com Eva Linde, fale comigo, seu amigo, Johan! Tudo era para ser como antes, Elias deduziu que era isso que Johan queria dizer, a única novidade era a presença de Eva Linde, com todo seu belo e frágil ser. E conversaram, os dois velhos amigos, sobre coisas que já haviam falado milhares de vezes, enquanto Eva Linde ficava quieta ouvindo.

A noite passou assim. Os dois amigos conversando sobre política, conhecidos em comum (fofoca), resultados esportivos, países e reinos, de onde viria o futuro, de que forma viria, que recado teria para dar etc. etc. etc. Johan Corneliussen estava empolgado (principalmente agora, como marxista revoltado), Elias mais cético, até um tanto pragmático vez ou outra, mostrando seu melhor quando recorria ao humor seco (torcia para isso). Como tantas vezes antes. Johan no sofá, Elias na única poltrona da casa. Ao lado de Johan no sofá: Eva Linde, a escolhida. Ocasionalmente, quando Elias conseguia encaixar um comentário com humor seco (sua marca registrada), surgia um sorriso no seu indescritivelmente belo rosto, e Elias tinha de se esforçar para se fingir alheio a essa sutil reação dessa incrivelmente bela mulher. Ele nunca estivera com uma mulher tão bela na mesma sala! De certa forma se sentia um intruso, e com o passar das horas fez várias vezes sinal de que ia se levantar, agradecer e se despedir, para deixar os dois amados a sós, como deveria. Mas Johan Corneliussen pediu que ficasse. E Elias Rukla ficou, porque não podia dizer a verdade, que em consideração a Eva Linde, que com certeza estava ansiosa para ficar a sós com o amigo e com certeza estava cansada de ter que ficar assim a noite toda, só ouvindo, e com certeza não pensava em outra coisa além de enfim ficar a sós com Johan, e que ele, Elias, portanto ocupava o tempo dela, e em consideração a ela queria ir embora, mas nada disso podia dizer, não seria cortês para com ela. Além do mais, parecia que Eva Linde estava se divertindo. Parecia que a conversa dos dois a fez relaxar. Acabou tirando os sapatos e se acomodando no sofá. Ela não se encostou em Johan, mas ficou a seu lado, e os olhares que ela lançou na direção dele, a maneira com que o olhou, a maneira dela sorrir para ele eram de tal natureza que Elias Rukla precisou abaixar o olhar, tocado pela mera possibilidade de que olhares assim pudessem ser lançados a um simples mortal. Em um determinado momento, ela passou a mão na manga de Johan Corneliussen, tirando alguma poeira, de cigarro ou algo assim, e o movimento fez Elias Rukla entender que essa Eva Linde, quase irreal de tão bela, estava perdida de amor por

Johan Corneliussen, e de novo teve de desviar o olhar, ofuscado pela natureza solene desse fato.

    Só depois da meia-noite foi que Johan Corneliussen aceitou que Elias Rukla fosse embora, deixando os dois pombinhos a sós. Levantou-se da poltrona dizendo que já era tarde, que ia se levantar cedo no dia seguinte e que não devia tomar mais vinho aquela noite. Johan Corneliussen e sua Eva também se levantaram do sofá e o acompanharam até o corredor de entrada. Johan e Elias trocaram algumas palavras espirituosas, incompreensíveis para todos os outros, e Eva Linde lhe estendeu a mão em despedida. Um aperto firme, mas sem aquele "extra" (suplicante) que ela havia dado quando se cumprimentaram a primeira vez, algumas horas antes. Ele gostou que ela tivesse lhe cumprimentado daquele modo, e logo depois estava caminhando pela rua Sognsveien, deixando a residência universitária para trás rumo ao seu apartamento na rua Jacob Aall. Foi tomado por uma tristeza, sentiu que o tempo de juventude definitivamente ficara para trás, e que estava na hora de ele também pensar em se estabelecer. Sentia-se só, apesar de Johan Corneliussen ter mostrado grande generosidade para com ele em meio à sua felicidade e, indiretamente, ter usado a noite inteira para dizer-lhe, ou melhor, para assegurar, a ele e a ela, o seu apreço por ele como amigo, que nem mesmo o amor e seu objeto seriam obstáculos à sua amizade, pelo contrário, disse Johan Corneliussen, era o objeto do seu amor que devia ser entrelaçado com a amizade. Essa magnanimidade quase titubeante de Johan Corneliussen tocou-o profundamente, mas sabia que era mais em virtude de um desejo do que uma realidade, porque tendo uma mulher como Eva Linde como objeto de amor, ele, Elias Rukla, também entendeu que o cultivo desse amor devia consumir todo o seu tempo, porque Johan Corneliussen devia estar em chamas, queimando por uma paixão que ameaçava consumi-lo se ele não estivesse incessantemente por perto daquela que alimentava esse fogo, para poder vê-la, para aconchegar-se a ela, pensou Elias Rukla.

Estava profundamente comovido pelas garantias indiretas de Johan Corneliussen, mesmo não realistas, em relação a ele, e sentiu que lhe devia algo em troca. Por isso não sossegou até (após várias tentativas) conseguir falar com Johan Corneliussen por telefone no dia seguinte. Ligara o dia todo para o telefone compartilhado que ele sabia que ficava no corredor do prédio de apartamentos onde morava na residência universitária de Sogn, mas a pessoa que atendera lhe dissera todas as vezes, após Elias ouvi-la bater na porta de Johan Corneliussen, que ele não estava. Só no fim da tarde conseguiu falar com ele. Então disse, sem volteios: Que mulher maravilhosa. Te invejo, cuide bem dela. Acho que você deve se casar com ela. Johan Corneliussen ficou em silêncio. Depois Elias ouviu que Johan estava rindo, um riso meio embaraçado, mas embaraçado por ter ficado feliz. – Não diga, não diga, ha, ha! – Bem, era só isso. Tchau. – Tá legal, tchau. E Elias desligou.

Desde então, se passaram meses até que Johan Corneliussen desse sinal de vida. Quando ligou, no início do outono, foi para convidar Elias para fazer parte de um mutirão. Um apartamento de três cômodos no bairro de Grorud precisava ser reformado. Ele compareceu no local na hora combinada, junto com dez ou doze outros amigos de Johan Corneliussen. O pequeno apartamento era apertado e estava caindo aos pedaços. Os amigos de Johan Corneliussen cuidaram de tudo. Rebocaram e pintaram, colocaram papel de parede e pisos. Os materiais eram entregues aos montes, sempre por uma pessoa que obviamente fazia um favor para Johan. O próprio Johan Corneliussen estava no meio da obra, coordenando tudo. Ele estalou os dedos e, tcharan!, surgiu um apartamento moderno e iluminado de três cômodos num prédio residencial em Grorud. Era para lá que Eva Linde ia se mudar. Ela ainda não sabia de nada, ele ia encontrá-la no centro naquela mesma noite e depois levá-la para o apartamento. Dois dias depois, os mesmos dez ou doze amigos de Johan Corneliussen entraram outra vez em ação. Dessa vez para a mudança. Eles pegaram alguns pertences, primeiro na residência universitária de Sogn, depois no apartamento estudantil de Eva Linde na praça Carl Berner (Eva não apareceu), e levaram tudo para Grorud. Carregaram as coisas para cima, e logo em seguida chegaram caminhões de entrega de todo tipo de "empresas" obscuras com sofás, geladeira, fogão, aparelho de TV, cadeiras, mesas, cortinas, abajur etc. etc. Ajudaram a levar tudo para cima e a colocar no lugar, os livros nas estantes, as roupas nos armários, até as cortinas penduraram. À noite, o apartamento estava arrumado e prontinho para morar. Então eles foram embora, porque logo mais Eva Linde estaria chegando. Uma semana depois fizeram a festa de inauguração. Finalmente viram Eva Linde. Ela estava na entrada dando as boas-vindas aos convidados, e Elias Rukla (e todos os seus semelhantes)

achou-a tão divinamente bela quanto da primeira vez que a viu.
    Johan Corneliussen e Eva Linde juntaram as trouxas. Moravam num apartamento de três cômodos num prédio alto em Grorud. Isso foi no outono de 1969. Casaram-se no início de 1970, e mais tarde, no mesmo ano, nasceu a filha do casal, Camilla. Em 1972, Johan Corneliussen concluiu o doutorado em filosofia, com sua tese sobre a relação entre Marx e Kant. Por vários motivos, isso não resultou em um emprego para ele, de modo que sua situação financeira poderia ser descrita como péssima. Por isso, em 1976, Johan Corneliussen deve ter chegado ao limite, e deixou o apartamento de três cômodos em Grorud, a mulher, bela como sempre, e a filha Camilla, de seis anos, para nunca mais voltar. Elias Rukla, que durante todo esse período fora bem-vindo na casa do casal, na qualidade de amigo próximo de Johan Corneliussen, recebeu um telefonema de Johan do aeroporto de Fornebu. Johan contou que deixara tudo para trás, que estava com uma passagem aérea para Nova York na mão, e que dali a oito horas aterrissaria nos Estados Unidos em busca de um novo futuro, e dessa vez não se tratava de filosofia.
    Mesmo sendo uma notícia chocante, não foi uma surpresa para Elias. Johan Corneliussen tinha chegado a um beco sem saída, o que suas últimas palavras a Elias deixaram transparecer. Pasmo, Elias apelara para o seu bom senso, dizendo: Mas Eva... e Camilla? Então, Johan Corneliussen respondeu, lacônico: Eu as deixo aos seus cuidados, e desligou. Elias ficara terrivelmente abalado, mas simultaneamente via com clareza que suas palavras deviam fazer parte

de um padrão. O que teria dado errado para Johan?

Em todo caso, em 1970 havia uma família feliz e unida em Grorud. Eva e Johan, e a recém-nascida Camilla. Em 1972, Johan concluiu seu doutorado em filosofia e foi homenageado no Instituto de Filosofia, como era de se esperar. Mas depois disso não houve mais nada. Johan Corneliussen não saía do lugar. Não havia nenhuma vaga no Instituto de Filosofia. Ele podia ter recebido uma grande e cobiçada bolsa de pesquisa numa universidade alemã, e foi encorajado a se candidatar, mas não o fez. As questões práticas eram complicadas demais, ele se justificou, porque se Eva e Camilla o acompanhassem, a bolsa não seria suficiente, e se ele fosse sozinho e ficasse longe por um ano, talvez dois, não, não ia dar certo. Ele ficou por ali mesmo, trabalhando meio período como pesquisador bolsista, além de ensinar filosofia em cursinhos pré-vestibulares. Isso, somando todas as aulas, além das viagens para lecionar em cursos nas universidades de Kongsberg, Notodden, Skien, Tønsberg, Fredrikstad, rendeu-lhe um ganho anual razoável, e nada mais. Quanto a Eva e sua formação, era muito na base do acerto e erro. Ela não levou os estudos adiante, e acabou num emprego de secretária, inicialmente em tempo integral, quando Johan estava dando duro para terminar a tese de doutorado, depois geralmente em meio período. Por trás da fachada generosa e glamorosa viviam apertados, sempre apertados, mesmo em 1970, quando a felicidade transbordava, por assim dizer.

Durante todo aquele período, Elias esteve sempre por perto deles, como amigo da família, sobretudo como amigo de Johan. De tempos em tempos, Johan ligava para convidá-lo para sua casa em Grorud. E Elias Rukla ia. Primeiro tomava o bonde de Majorstua até o Teatro Nacional, de lá caminhava pela rua Karl Johan até a praça Ferroviária, onde tomava o metrô para Grorud, entrava no prédio e subia pelo elevador até o nono andar, onde estavam à sua espera. Ele sentia que participava de tudo que faziam. Jantava com eles, fazia caminhadas com eles, participava dos cuidados do bebê (embora apenas como espectador interessado), e acompanhava também um deles, ou os dois, nas compras de supermercado, onde fazia questão de dividir a conta, mas em troca dava palpite no que devia ser comprado. Acontecia também de ele dormir na casa deles, no sofá da sala. No inverno iam esquiar na floresta de Lillomarka. Eva, Johan (com a pequena Camilla no trenó) e Elias Rukla. Eva chamava bastante atenção, os esquiadores paravam quando ela passava, seguindo-a com o olhar, boquiabertos. Os três tentavam ignorar aquilo, mas Johan nem sempre conseguia segurar o riso, então todos riam, um pouco resignados, embora Elias não conseguisse achar uma autêntica resignação para pôr no seu riso, ele também ofuscado pela beleza sobrenatural de Eva Linde. Ele caminhava a seu lado, atrás de Johan, que ia na frente com o trenó. Ela cuidava para que o sol não batesse nos olhos da pequena Camilla. Elias Rukla fazia o mesmo, enquanto conversavam sobre amenidades. Ele gostava da sua maneira de falar. A voz dela, quando falava, tinha certo timbre vindo do fundo das cordas vocais, como um véu, que ele não sabia expressar em palavras, e que ele nunca ouvira antes. A bela mulher procurava as palavras, saboreando-as, como se ela perguntasse a si mesma, e também a outros, no caso Elias Rukla, que caminhava a seu lado atrás de Johan (que puxava o trenó com a pequena filha): Posso dizer isso assim, então? De vez em quando, ela caía na gargalhada sobre algo que ele dissera, o que agradava a Elias. Mas não podia dizer que ele a "conhecia". Não, isso não podia dizer, ele sabia pouco ou nada dela, mesmo assim sentia-se próximo, como amigo, sobretudo em situações como esta, em que outros homens a seguiam com o olhar, boquiabertos, quando os três, Johan (com o trenó), Eva e ele, Elias Rukla, passavam esquiando por eles na floresta de Lillomarka. Ele a via como uma beldade a ser protegida, inclusive por ele, amigo de Johan. Ele se encantava com a sua maneira de exibir o rosto. O que exigia grande cuidado da parte dele para não dizer algo de errado, como mencionar sua beleza muito abertamente, por exemplo, porque ele suspeitava que ela não se sentiria lisonjeada, bem pelo contrário, ficaria irritada, tão irritada a ponto de deixar de gostar dele, ou talvez a ponto de falar mal dele para Johan Corneliussen. Ele era, portanto, muito discreto em relação a ela, para não ofender o que presumia ser sua frágil beleza. Dessa forma, a maior parte do tempo ele puxava conversa e tentava diverti-la, em vez de tentar conhecê-la. Para todos os efeitos, ele relacionava sua beleza com o ato de dormir. No seu íntimo, ele relacionava a beleza de Eva Linde com o sono. Quando ela exibia o rosto, como quando esquiavam na floresta de Lillomarka, esse era sereno e purificado da sua origem no sono, mas ao mesmo tempo era impessoal, algo obviamente além do seu controle, que ela não queria que fosse comentado, ele presumia, por isso era correto, cavalheiresco até por parte de Johan, rir meio que resignado dos olhares que a seguiam, como também estava correto participar dessa risada resignada da melhor maneira possível. Mas sua beleza residia no repouso do sono, disso não tinha dúvida. Possivelmente porque ela, quando ele estava por perto, quase sempre estava dormindo atrás da porta do quarto do casal no apartamento em Grorud. Afinal, sua ligação com Eva Linde e Johan Corneliussen devia-se ao fato de que era amigo de Johan Corneliussen, e amigo de Johan Corneliussen do tempo de solteiro, quando a maior parte das atividades que fizeram juntos consistia em irem à farra, nos bons e nos maus momentos, por assim dizer, e que sua amizade ainda consistia de irem juntos à farra, embora não tanto quanto antes. Johan sempre encontrava Elias no centro. E quando os bares fechavam, ele convidava Elias para Grorud, a fim de continuarem a farra. Nessas horas, Eva provavelmente dormia atrás da porta fechada que dava para a sala. Enquanto Johan e Elias discutiam e conversavam. Sobre a vida em geral (quer dizer, filosofia, literatura, arte, política etc. etc., muitas vezes com referência às suas vidas). Via de regra, Elias dormia no sofá da sala e pegava o bonde para a cidade bem cedinho, e ia direto para sua primeira aula em Fagerborg. Antes de sair correndo, Johan já estava de pé junto com a pequena Camilla. Eva ainda dormia. Seu sono de beleza, ele supunha. De modo que, todas as vezes que ele realmente a via, por exemplo, aos domingos, nos seus passeios de esqui na floresta de Lillomarka, ela ainda estava, na percepção de

Elias, embalada numa aura de sono. Com seu rosto macio, contente e serenado pelo sono, ela pertencia ao repouso do sono, era de lá que viera, mesmo que ele nunca tivesse visto ela dormir, apenas sabia que ela estava ali atrás da porta fechada do quarto que dava para a sala, um retângulo nitidamente separado da parede com uma maçaneta ligeiramente abaixo do meio, à esquerda, que Johan Corneliussen, pelo menos uma vez, sempre que ficavam ali de madrugada, no nono andar num prédio em Grorud, abaixava para entrar, fechando a porta com cuidado atrás de si, ressurgindo logo em seguida, sem dizer nada. A indescritivelmente bela mulher de Johan Corneliussen. Johan Corneliussen e Elias Rukla na sala. Johan Corneliussen que ia até a janela e olhava para fora. As luzes lá embaixo. A luminosa autoestrada com quatro faixas, sem um único carro agora de noite. O filósofo Johan Corneliussen que tanto ensinou a Elias Rukla. Johan Corneliussen que falava e Elias Rukla que vinha com objeções, comentários secos, tentando mostrar um saudável ceticismo a todos os profundos pensamentos e ideias de Johan Corneliussen. Tentavam falar baixinho, mas vez ou outra os ânimos esquentavam, e um dos dois tinha que interferir e pedir para o outro baixar a voz. Uma vez, quando Elias pediu a Johan Corneliussen que abaixasse a voz, este retrucou: Não é preciso. Ela não está dormindo. Ela finge que está dormindo, mas está ouvindo. Já peguei-a recontando conversas que tivemos quando ela supostamente estava no seu mais profundo sono. Isso causou uma forte impressão em Elias Rukla e, desde então, sempre que estava com Johan em Grorud, bebendo e discutindo até tarde da noite, ficava pensando, atrás daquela porta está ela, mergulhada no sono, embalada na concha macia do sono, mas de ouvidos abertos. E a tristeza o invadia, porque a mulher que estava ali, no ambiente e na posição de sono, ouvindo as vozes do marido e do amigo dele, vozes que subiam e desciam para dentro do seu adormecido consciente, fazia Elias pensar na sua própria situação de solteiro. Deve ter sido em 1974 que Johan Corneliussen de repente veio com a revelação de que sua jovem mulher ouvia durante o sono. Na época, Elias Rukla era um solteirão de 34 anos, e fazia tempo que desistira de encontrar uma companheira de vida. Na verdade, ele não se importava muito com isso; gostava de morar só, e um dos motivos de ter sempre se afastado das mulheres (depois de as ter convidado para sair e as acompanhado até em casa, e no momento em que normalmente se tenta uma abordagem mais séria, Elias fazia o contrário, estendia a mão e agradecia pela noite agradável, muitas vezes para grande decepção da mulher, ele notava, embora só depois de chegar em casa) era justamente o medo de perder a si próprio e se envolver com uma mulher que, em última análise, era uma estranha, com quem devia dividir tudo, essa sensação de ficar sufocado, ser agarrado, que o invadia nessas horas, era tão forte que ele decidira viver sozinho, ser solteiro, porque lhe convinha; mas de vez em quando era tomado pela tristeza e pela sensação de que faltava algo nele, que não apenas o fazia desprezível aos olhos dos outros, porque ele sabia que era, mas que além disso o fazia se sentir meia pessoa, já que a força motriz em direção "ao outro" estava ausente da sua vida na idade de 34 anos. Ali estava então, no nono andar de um prédio em Grorud, no apartamento do seu amigo, junto com seu amigo, sabendo que ele era um homem pela metade, que nunca viria a ser inteiro, sentindo-se tomado pela tristeza com a ideia de nunca vir a ser inteiro, sabendo que atrás daquela porta estava a mulher de Johan Corneliussen, que fazia Johan Corneliussen ser inteiro, ouvindo a voz do marido (e do amigo dele) no seu estado de sonolência e, desse modo, ele pensou, estou entrando furtivamente no estado de sonolência de uma mulher, como a sombra de Johan Corneliussen que sou. E ele pensava assim sem amargura, como mera constatação dos fatos, porque eram essas as circunstâncias em que levava a vida, e de modo geral Elias Rukla achava, naqueles tempos de 1974, que vivia uma vida tão rica quanto era razoável esperar viver, com um trabalho gratificante, com uma grande liberdade pessoal e sempre com a mesma grande curiosidade intelectual sobre a vida e os limites que ela define para nós, sobretudo no aspecto social. Por isso, logo em seguida aceitou os lençóis e as fronhas que Johan Corneliussen lhe estendia e começou a arrumar o sofá para passar a noite lá, como tantas vezes antes, enquanto Johan Corneliussen andava pelo apartamento apagando as luzes, checando as tomadas, até retirar-se silenciosamente para o quarto, para sua sempre bela mulher, Eva Linde.

Essa era a situação. Foi em 1974 que Johan Corneliussen revelou que Eva Linde ouvia suas conversas, e desse modo dava a elas um diferente matiz do que tinham antes. Será que Elias Rukla amava Eva Linde? Será que ele ficara no sofá, do outro lado da porta do quarto dela e de

Johan Corneliussen, durante sete anos, esperando por ela? Não, em sã consciência Elias Rukla podia dizer que esse não era o caso. A ideia era simplesmente impensável. Ele não podia negar que ela o encantava, mas ela o encantava como mulher de Johan Corneliussen. Ela não representava para ele algum valor em si; não era apenas proibido, era impensável. Ele teria sofrido de um amor impensável por ela? Elias não podia de todo descartar essa possibilidade e, nesse caso, poderia explicar os apertos no coração que sentia em certas ocasiões, como tristeza, pesar até, além de um estado de excitação, como quando Johan Corneliussen revelou que Eva Linde os ouvia atrás da porta fechada. Por isso, não é impossível que Elias Rukla, entre 1969 e 1976, desde que tinha 28 até completar 36 anos, enquanto com grande expectativa iniciava sua carreira como professor titular na escola de Fagerborg, se estabelecia no apartamento da rua Jacob Aall, enquanto tentava, embora sem muito empenho, encontrar uma companheira de vida, sobretudo entre as colegas mais jovens de Fagerborg e em outras escolas superiores, enquanto se divertia no seu tempo livre em companhia de velhos conhecidos da universidade, mantinha e nutria sua especialmente estreita amizade com Johan Corneliussen, na realidade sofria de um amor impensável por Eva Linde, e deixava seus passos serem guiados por esse amor. Mas, se assim fosse, não se encontra vestígios desse amor em lugar algum, a não ser, talvez, nos raros e breves apertos no coração ao curso desses sete longos anos, nem mesmo no estranho fato geográfico de que, quando Elias Rukla e Johan Corneliussen se encontravam no centro da cidade, não acabavam numa festa na rua Jacob Aall, mas no bairro de Grorud, um subúrbio a mais de dez quilômetros do centro e dos restaurantes de Oslo, e de onde Elias Rukla, bem cedinho na manhã seguinte, tinha de se apressar para chegar em tempo a seu trabalho como professor titular, enquanto, se tivessem acabado na rua Jacob Aall, Johan Corneliussen poderia ter ficado sossegado porque não tinha essas obrigações na manhã seguinte. Mas era Johan quem insistia para que fossem à casa dele, era sua a tarefa de cuidar de Camilla quando ela acordava de manhã (para Eva poder dormir), e por isso precisava voltar para casa. Se quisessem continuar a noite, teria de ser na casa dele. Portanto, não era a adormecida Eva que tentava Elias Rukla a empreender essa viagem um tanto peculiar a Grorud, mas a companhia de Johan Corneliussen. Contudo, Elias Rukla não podia descartar a possibilidade de ter sofrido um amor impensável por Eva Linde desde sempre, mas nesse caso nunca chegara a guiar seus passos discretos, e se não houvesse acontecido algo fora do seu controle, criando uma situação totalmente nova, ele poderia ter vivido sua vida até o dia de hoje, quando isso está sendo escrito, quer dizer, AGORA, sem ter tido a mínima noção de que sofria de uma paixão impensável, cuja origem era a cada vez mais um tanto esmorecida beldade Eva Linde Corneliussen.

    Foi em 1974 que Elias Rukla sentiu o aperto no coração que o deixou preocupado, e depois triste, por saber que atrás da porta onde dormia Eva Linde estava uma mulher adormecida de ouvidos abertos. Àquela altura, porém, Johan Corneliussen já devia ter tomado, inconscientemente, a decisão de tornar o amor impensável de Elias Rukla em pensável. A prova está na sua estranha decisão de não pedir a vultuosa bolsa de pesquisa que teria levado ele e sua família à Universidade de Heidelberg por dois anos. Sua justificativa foi que a família não tinha economias o suficiente, e que ele não queria ir para lá sozinho. Quer dizer, ele não pediu a bolsa (que fora encorajado a tentar) devido a razões familiares, algo que Elias, e muitos também, já na época, achava esquisito, porque a pequena família teria conseguido viver lá sem grandes problemas com a situação econômica que o dr. Corneliussen teria em Heidelberg. Essa decisão inusitada também apontava em outra direção, algo de muito maior alcance e gravidade: com ela, Johan Corneliussen declarou que já não estava, de corpo e alma, dedicado à filosofia. Com essa decisão, Johan Corneliussen mostrou (para quem quisesse ver, mas naquela altura ninguém quis) que ele não queria dedicar sua vida a colaborar com nada menos do que o dossiê do pensamento humano, que na realidade era, segundo ele, a literatura em torno de Immanuel Kant. Portanto, alguma coisa enraizada no seu pensamento deve ter acometido Johan Corneliussen.

Ele concluiu o doutorado em 1972, aos trinta anos de idade. Sua tese sobre a relação entre Kant e Marx fora acelerada depois que se tornou um homem de família. Mas quando terminou, ficou muito contente e pediu a Elias que lesse a tese antes da defesa. Elias sentiu-se honrado e leu a tese, apesar de não ter qualificação alguma nesse sentido. Entretanto, ficou impressionado com a força do pensamento de Johan Corneliussen. Ao mesmo tempo, ficou com uma pulga atrás da orelha, algo que hesitou em expressar. Será que a transição de Johan, de Kant a Marx, se passara tão sem percalços quanto Johan deixava transparecer nas conversas com ele (e com outros)? Porque mesmo sem nenhuma qualificação para avaliar a tese, Elias Rukla se perguntava se a própria fundamentação teórica não estaria um tanto imprecisa. É claro que estava dentro da área em que Johan Corneliussen, fiel às suas ambições, sempre almejara entrar, isto é, a literatura sobre Kant, contudo, para Elias, a tese parecia um tanto nebulosa por não deixar muito claro se fora escrita por um kantiano ou por um marxista. A preocupação principal de Johan Corneliussen nessa tese era a literatura sobre Kant (quer dizer, a relação de Marx com Kant) ou o marxismo como ideologia de libertação? Elias Rukla não sabia ao certo e se sentia um tanto perplexo, mas hesitou, como já revelado, em manifestar sua dúvida, tanto por não ter as qualificações para apresentar tal dúvida, quanto por não querer magoar seu amigo, já que presumia que mesmo uma dúvida não qualificada poderia parecer ofensiva a Johan Corneliussen naquele momento. Johan Corneliussen, no entanto, não tinha dúvida nenhuma de que era marxista, embora não mais um líder estudantil, ou, de outra forma, um ativista político, mas o bojo do seu pensamento era marxista, como ele insistia em dizer. De qualquer modo, sua tese de doutorado foi muito bem recebida no Instituto de Filosofia em Blindern, e o futuro do dr. Johan Corneliussen parecia promissor. Dois anos depois foi incentivado a pedir a vultuosa bolsa de pesquisa que o teria levado a Heidelberg, mas ele declinou. Por quê?

Teria ele uma dúvida semelhante àquela que o leitor não qualificado Elias Rukla teve quando leu sua tese de doutorado? Ou será que não pediu a bolsa por medo de não a conseguir? Teria Johan Corneliussen notado uma sombra de ressalva no incentivo que veio do alto escalão do Instituto de Filosofia? E não houve também uma sombra de cautela abafando o entusiasmo que a tese de doutorado havia ocasionado? Elias Rukla esteve presente na defesa obrigatória do candidato e participou da celebração subsequente, ficando com uma leve impressão, aliás levíssima impressão, de que houve algo forçado na homenagem oferecida a Johan Corneliussen. Todos pareciam preocupados em mostrar que era um evento há tempos aguardado, mas aqueles que mostraram um entusiasmo sincero, consequentemente um estímulo indispensável à celebração do doutorado de Johan Corneliussen, eram os colegas que viam na sua obra um panfleto marxista. Johan Corneliussen fora capturado pelo marxismo. Elias Rukla não conseguia ver isso de outra forma quando se lembrava da celebração. Será que ele não conseguia se relacionar com o marxismo com o mesmo fervor intelectual de antes, quando sonhava em ingressar nas fileiras dos intérpretes kantianos? Não havia dúvida de que era marxista, mas será que o marxismo conseguia dar a ele a mesma satisfação, a mesma felicidade duradoura de bater com a cabeça nas fronteiras do pensamento, como quando fazia planos ambiciosos de entrar na longa fila de importantes filósofos que se viam exclusivamente como intérpretes de Kant? Elias Rukla se perguntava sobre essas questões e, mais ainda, se perguntava se Johan Corneliussen também se perguntava o mesmo, em outras palavras, se essa ideia não teria também passado pela cabeça dele, e mesmo que obviamente refutada, não teria permanecido como um desapontamento abafado em sua alma? Voltar ao pensamento do começo do tempo de estudante era impossível, já que considerava o fundamento histórico e materialista de Marx demasiado autoevidente, por isso se deixara capturar pelo marxismo também no seu modo de pensar, mas sem que isso lhe desse satisfação contemplativa o *suficiente*, pensou Elias Rukla. Decerto, quando Johan Corneliussen usava o marxismo, por exemplo, em discussões noturnas com Elias Rukla no nono andar do apartamento apertado de três cômodos no prédio em Grorud, era em geral o marxismo como método para compreender *o capitalismo*. Com o passar do tempo, Johan Corneliussen foi falando menos sobre o marxismo como meio de libertação. Ele passou a evitar expressões como, por exemplo, a classe trabalhadora, o que, a propósito, era um alívio para Elias Rukla. Contudo, também se beneficiava, porque não há como negar que Elias Rukla pessoalmente obtinha grande proveito das discussões com Johan Corneliussen e posteriormente fazia uso disso na Escola Secundária de Fagerborg, tanto nas aulas de norueguês como nas de história, quando sentava atrás da sua mesa na sala de aula com alunos que muitas vezes tendiam a usar o mesmo linguajar do doutor em filosofia Johan Corneliussen. Não, o que o fascinava era a superioridade do marxismo para compreender o sistema social que reinava na nossa parte do mundo. E não pensava apenas nos fatores externos, como relações de classe, estruturas de poder etc., mas sobretudo no marxismo como meio para entender os sonhos, esperanças, desapontamentos e desejos das pessoas profundamente marcadas pelo capitalismo. Tinha um interesse muito especial pela publicidade, tanto por sua linguagem quanto pela sua imagem. Já tinha esse interesse quando Elias o conhecera, e, usando-o como ponto de partida, sua transição para o marxismo se mesclava lindamente a uma compreensão mais profunda do mundo onde ele se manifestava. Já em meados dos anos 1960, Elias se admirara com o interesse de Johan Corneliussen pela publicidade, por exemplo, quando iam ao Gimle, o cinema dos intelectuais de Oslo. Lá era costume dar gargalhadas da publicidade mostrada antes do filme. Elias também costumava rir, mas ao seu lado, no escurinho, sentava-se Johan Corneliussen que, sozinho, sorvia as imagens da publicidade rodeado de gargalhadas. Parecia que ele a percebia como uma expressão da arte do nosso tempo. E era mesmo, ele alegou depois. As imagens da publicidade dizem mais sobre o nosso tempo do que a arte que você pode encontrar nas galerias, dizia. Mais tarde, como marxista rebelde, ele explicitou esta visão. A arte das galerias era adaptada ao gosto do público rico das metrópoles. A publicidade, ou a arte comercial, como ele a chamava, adulava, com todos os meios, o gosto das multidões das mesmas metrópoles. A fascinação. Ele dizia que era uma questão de entender a própria fascinação que nos atrai para a escuridão que é o capitalismo, intelectualmente entendido, que, no entanto, é captado como glamour, brilho e bugigangas, o que o capitalismo também é, se você abrir os olhos e *ver*. Reluzente, brilhante, deslumbrante, pense nas metrópoles. Depois de assistir a um grande congresso internacional de filosofia na Cidade do México, ou Ciudad de México, como dizia, no início de dezembro de 1975, ele estava ainda mais tomado pelo assunto. Na ocasião, tinha visto com os próprios olhos como multidões de pobres rumaram para a grande cidade, encantados pela ideia de viver ali. Deixaram seu cotidiano pobre e enfadonho no interior em prol de uma vida sem esperança em favelas nos subúrbios da metrópole, de onde nunca mais escapariam. Suas vidas teriam sido melhores lá, de onde vieram, contudo, deslocavam-se rumo às metrópoles para lá fincarem pé. Por quê? A fascinação. A fascinação de serem *contemporâneos* dos grandes carros, dos programas na TV, dos restaurantes de luxo, dos engarrafamentos, das luzes nos letreiros de publicidade dos cinemas, das loterias, das mansões luxuosas atrás dos muros altos e de guardas armados em frente aos portões. A fome podia roê-los por dentro, mas ser contemporâneo dos programas da TV faz você esquecer. Os sonhos matam a sede. Os sonhos satisfazem!, ele podia exclamar, no seu apartamento apertado de três cômodos em Grorud, no meio da noite e tão alto que Elias dizia shhh shhh, como tinham por costume fazer quando um dos dois caía no erro de ficar demasiadamente comovido pelas próprias palavras.

Diante disso, Elias Rukla não ficou surpreso quando, cinco meses depois de Johan Corneliussen voltar do congresso internacional de filosofia no México, recebeu sua ligação do aeroporto de Fornebu, perto de Oslo, contando que estava indo para Nova York de vez. Ele disse que se colocaria a serviço do capitalismo (um sarcasmo, ou talvez isso se chame ironia). Não chegou a ficar surpreso. Porque Elias não duvidava que Johan Corneliussen ainda era marxista, mas de que servia isso? Afinal, ele tinha um conhecimento único, isto é, o marxismo, que lhe dava uma habilidade superior de interpretar os sonhos das pessoas, uma vez que se encontram onde estão, ou seja, aqui, nesta sociedade. Somente a serviço do capitalismo podia tirar proveito das suas habilidades, porque, afinal, é apenas o capitalismo que pode tirar proveito dos sonhos e, não menos importante, empregar os intérpretes desses sonhos. Sendo assim, o marxismo integra um moralismo de natureza educacional que é contrário a fazer uso dessa habilidade. Mas Johan Corneliussen contou que lhe fora oferecido um trabalho de sonho em Nova York. Numa grande empresa de consultoria especializada em avaliar ideias, conceitos e projetos, tendo como clientes grandes empresas de cinema, agências de publicidade, editoras de livros e produtores musicais. Disse que ia ficar rico, soando estranhamente ingênuo, e nesse momento Elias Rukla desejou de todo o coração que Johan Corneliussen ficasse rico, ao mesmo tempo que se sentiu estranhamente desapontado, enganado até, por Johan ir embora de vez sem ter mencionado nenhuma palavra a esse respeito antes. Só quando perguntou por Eva (e Camilla) e entendeu que elas não faziam parte do novo futuro de Johan como consultor filosófico e intérprete de sonhos nos Estados Unidos é que ficou chocado, ainda mais porque Johan disse: – Eu as deixo aos seus cuidados, o que Elias no momento interpretou como sarcasmo, sentindo-se ferido e perplexo.

  Foi planejado. O padrão ficou claro. Pelo menos

desde 1974, Johan deve ter arquitetado, inconscientemente, planos para deixar a filosofia e, no congresso internacional de filosofia no México, deve ter estabelecido contatos que tornaram seu plano possível. Durante cinco meses sabia que ia deixá-las, para sempre. Sem dizer uma palavra sequer a Elias. Teria dito a Eva? E, nesse caso, quando? É óbvio que deve ter dito a Eva, mas quando? Há quanto tempo os dois já sabiam, e o que fez ela quando soube? Ele nunca saberia, porque quando um pouco mais tarde tocou a campainha do apartamento no nono andar do prédio em Grorud, encontrou uma mulher que nunca mais mencionaria o nome de Johan Corneliussen nem falaria sobre ele. Mas porque ele a deixara? Elias nunca ficou sabendo, porque nem quando moravam juntos ela o deixara a par dos conflitos que deviam ter existido entre os dois. A única coisa que podia constatar era: Johan Corneliussen deixara Eva, e não só ela, mas também uma filha de seis anos, que ele obviamente adorava mais que tudo no mundo, e só podia agir assim porque o amor morreu. O amor morreu, e mesmo que amasse sua filha mais que tudo no mundo, não era o suficiente para ele levar a criança com ele para os Estados Unidos, porque teria também de levar a mãe da criança, e o amor por ela morrera. Há quanto tempo o amor estava morto? O amor de Johan Corneliussen, que estava morto. Há quanto tempo? Devia estar morto quando ele voltou da Cidade do México, onde já tinha feito o contato decisivo que possibilitou seu grande salto. Durante cinco meses vinha planejando tudo, com seu amor morto atrás da porta do quarto fechada, durante as noites, sozinho, ou com Elias Rukla (sem dizer nada), ou com outros amigos (também sem dizer nada, só pensando, matutando, quebrando a cabeça). Por quê, por quê? O amor estava morto. Mas como era possível seu amor por Eva Linde estar morto?

    E por que esse sarcasmo dirigido a ele, como última palavra de um amigo a outro, antes de ele desligar sem mais nem menos? Tudo isso deixou Elias Rukla confuso, e continuaria o deixando confuso por anos a seguir. Porque mesmo sem ter ninguém com quem conversar a respeito, Elias Rukla se ocuparia com a partida abrupta e derradeira de Johan Corneliussen. Por que o sarcasmo, para depois sem mais nem menos desligar? Por que terminar uma amizade de anos com essa ruptura cruel? Vez ou outra lhe ocorreu que talvez o sarcasmo não fosse intencional, mas era a expressão de um desejo ingênuo, um tanto confuso, e, depois de expressá-lo, Johan teria ficado embaraçado e desligado, todo atrapalhado. Ou ele teria desligado porque seu voo a Londres (conexão para Nova York) fora anunciado pela última vez, e ele teve de correr para não perdê-lo. Era assim que Elias nos anos seguintes ficava às vezes matutando, mas não importava o quanto matutasse, as palavras de despedida de Johan Corneliussen continuavam a perturbá-lo. Constantemente revia na cabeça os últimos cinco meses de Johan na Noruega e as conversas que ele na época teve com Elias, os dois sozinhos nas noites em Grorud, ou na cidade, ou quando os três, Eva, Johan e ele, estiveram juntos, mas não conseguia encontrar o menor sinal deixado por Johan que indicasse que estava em vias de deixá-los. Ele até achou possíveis sinais, é óbvio, e matutava sobre eles, mas todos os possíveis sinais, assim que começava a analisá-los especificamente como sinais de Johan para ele, deram em nada, e por fim teve de concluir: Johan não deixou nenhum sinal, nenhuma mensagem além talvez do sarcasmo, bem no final, quando desligou, logo antes de ter que correr para embarcar. Elias Rukla estava confuso. Estava na escola de Fagerborg quando Johan Corneliussen ligou para ele. Atendeu à ligação na sala dos professores. Quando Johan desligou, ele não entendia nada. Ele foi direto ao reitor e pediu que fosse liberado das três últimas aulas daquele dia, porque havia acontecido algo a um amigo próximo que requeria sua presença, foi assim que ele se expressou. Depois, pegou o metrô para Grorud.

    Eva estava em casa, sozinha. Estava calma, mas um pouco cansada. Ela confirmou o que acontecera. Estava tudo acertado. Os documentos da separação estavam assinados, pelos dois, e encaminhados. Não havia mais nada a dizer. De sua parte, não via motivos para falar mais sobre o assunto. De qualquer forma, ela o convidou para tomar um café, já que fizera o longo caminho até Grorud. Elias estava surpreso, revoltado até, o que deixou transparecer, sobretudo por ele não ter tido a mínima suspeita. Que... não... ele não estava entendendo mais nada... e estava tão transtornado que ela começou a rir. Estavam sentados lado a lado, pois fora assim que ela tinha posto a mesa. Preocupado, Elias perguntou como ela ia conseguir se manter, mas ela respondeu que não seria um problema. Só precisava de um tempo para deixar abaixar a poeira. Estava um pouco cansada, é claro. E de repente ela encostou a cabeça no seu ombro, e Elias Rukla sentiu um aperto estranho no coração, totalmente diverso de qualquer coisa que havia sentido antes. Não, não, pensou, não pode ser verdade, e como para se assegurar disso, e para escapar desse sentimento estranho que o invadiu, passou de leve a mão sobre a dela, amigavelmente. Ficaram assim por algum tempo, ela com a cabeça no seu ombro, ele invadido por um enlevo que mal podia acreditar, até se levantar e dizer que precisava ir.

    Confuso e agitado, e tomado por esse enlevo inusitado que inegavelmente sentira dos pés à cabeça, ele ligou para ela três dias depois, convidando-a para jantar. Se encontraram no Petit, em Majorstua, e pelo jeito que ela o olhou, dirigiu-lhe a palavra, riu para ele e chegou perto, ele entendeu que o que antes fora impensável tinha se tornado pensável, e ela o acompanhou até o apartamento na rua Jacob Aall e passou a noite com ele. Na época, Elias Rukla tinha 36 anos, e não podia evitar balançar a cabeça, incrédulo com a tão repentina felicidade que o acometera.

    A partir daí aconteceram muitas coisas ao mesmo tempo. Eva se mudou com a filhinha para o apartamento de Elias Rukla, na rua Jacob Aall, que não era o pequeno apartamento de três cômodos, mas um de quatro cômodos que ele tinha conseguido por meio de uma troca na mesma área, na mesma rua até. Isso aconteceu antes de Johan Corneliussen ter se estabelecido na nova vida em Nova York. Dois anos depois, eles se casaram, mas Eva manteve o sobrenome, Linde, o nome de solteira. Podemos descrever o professor Rukla como um homem contente ao fazer seu percurso, a passos leves em seus sapatos de sola fina, para as tarefas diárias na escola de Fagerborg, primeiro subindo a rua Jacob Aall, evitando as poças da neve que derretia na temperatura amena da primavera, por volta de 1978, e também mais tarde, apesar de Eva Linde nunca ter dito, nem com uma palavra sequer, que o amava. Ele não entendia por que motivo, mas como ela se mudou para sua casa, no apartamento novo que ele arranjou para eles, e depois aceitou se casar com ele, ela devia sentir amor por ele, sim, mas por algum motivo qualquer não podia expressá-lo. Será que ela temia que ele não fosse acreditar se dissesse que o amava? Será que era porque o levaria a fazer outras perguntas, sobre acontecimentos no passado a respeito dos quais ela não queria falar porque já tinham acabado, já eram passado? Ele não sabia. Mas foi ela quem o procurou, e foi ela quem tomou a iniciativa para que se aproximassem. Todo dia tomava café da manhã com sua mulher, de radiante beleza, e com sua filha, um tanto volúvel. A sua nova vida. Passavam as tardes e as noites juntos, em geral no apartamento, enquanto a filha ia e vinha. À noite dormia com ela, num cômodo privado mobiliado para esse propósito no apartamento da rua Jacob Aall; era assim mesmo que ele se expressava, porque só dizer que dormia com ela no quarto, ou no quarto do casal, retratava muito pouco do que sentia ao dormir com Eva Linde, por isso sempre pensava no quarto como "o cômodo privado que fora mobiliado para eu dormir com ela", e, ainda que soasse um pouco pomposo, era assim mesmo que gostaria de se expressar para si mesmo, porque era assim que precisava expressar, não para os outros, claro, nem para Eva, que talvez ficasse envergonhada com isso, da mesma maneira que ele às vezes a sentia envergonhada durante o ato sexual, quando ela se entregava a ele muitas vezes com o rosto meio virado, e ele não tinha certeza se era uma expressão da sua natureza ou uma expressão de algo totalmente diverso, que às vezes o fazia sussurrar: te amo, te amo. Nessas horas ela podia passar a mão na sua nuca, ou nos ombros, olhando-o nos olhos sem nada dizer, mas o fato de ela passar a mão na sua nuca lhe bastava. Naquele momento, ela lhe pertencia. Aliás, Eva passava muito tempo nesse mesmo quarto, o chamado quarto de dormir, porque lá tinha sua mesa de maquiagem. Tanto lá como no banheiro havia uma fileira de pequenos frascos, tubos, garrafinhas, pincéis e caixinhas, numa quantidade capaz de fazer Elias não acreditar nos próprios olhos. Ela viera a ele. Pouco a pouco, ele pôde conhecê-la melhor. Ela vinha até ele com vários álbuns de fotografias. Ela se sentava no sofá para mostrá-los a ele. Eram da sua juventude, que ela (empolgada) lhe mostrava enquanto contava. Fotos amadoras. De Hønefoss. Do baixo vale de Setesdal. De uma cidadezinha ao norte de Lillehammer. Bardu. A juventude de uma filha de militar na Noruega nos anos 1950. Esses álbuns de fotografias se tornaram para ele um baú de tesouros. Ele se afeiçoou profundamente àquelas fotos. Ele se sentia honrado por ter sido escolhido para sentar assim e olhar as fotografias da sua juventude, enquanto ela comentava animada, com o fervor da reminiscência na voz, e ele não pôde evitar considerar a vida de casado um mistério, em função de se sentar no sofá ao lado dela e olhar fotografias amadoras como aquelas, ouvindo-a recontar a história um tanto banal por trás de cada imagem com sua voz velada. O caminho para ela. A consumação da vida sexual, que se alargava, tomando a forma de uma vida diária a dois. O enlevo diário, a ocupação diária. Mais do que poder dizer que a conhecia, Elias Rukla podia dizer que se encontrava em circunstâncias nas quais se ocupava dela diariamente, também quando não a via, e ele supôs, quase como fato consumado, que era mútuo. Ela se abrira para ele conhecê-la, o que moldava sua consciência de modo profundamente satisfatório. Havia muitas coisas que ele não sabia sobre ela, coisas que ela mantinha para si, mas a parte revelada era para ele fonte duradoura de felicidade. Ele podia ver um determinado chocolate na loja e pensar: Eva gosta desse. E ao ver outro chocolate, pensar: Eva torce o nariz para esse. Ele sabia que ela gostava de tomar chá à noite, e de manhã preferia café forte, forte até demais. Ele sabia o que e quando ela gostava de comer, e o que ela não gostava de comer. Ele sabia como era insegura, e como conseguia esconder sua insegurança. Truques simples e banais, que ele apreciava descobrir porque criavam uma ligação entre eles, com o consentimento incondicional dela. E ele sabia que, da mesma maneira, ela aprendeu a conhecê-lo. Que todas as coisinhas com as quais no fundo não se importava, como preferir batata frita com páprica e bife sem cebola, como não gostar de tomar banho de manhã, e portanto tomar banho de noite etc. etc. etc., todas essas coisinhas em si insignificantes, às quais ele facilmente poderia renunciar se não fosse pelo fato de terem se tornado hábitos seus, hábitos inabaláveis, mas que ele entretanto não definia como parte necessária da sua própria identidade, eram para ela inseparavelmente ligadas ao modo de ser de Elias Rukla. E ela se relacionava intimamente com esses detalhes, de modo que ela o agradava comprando batata frita com páprica e servindo bife sem cebola, como ele da mesma forma aceitava e se deliciava com os hábitos dela, e dava-lhe o que sabia que ela gostava, mesmo que ela também, afinal, os considerasse aspectos sem muita importância, fortuitos até; todavia eram laços que os uniam, essa era sua vida interligada, alegre, assim viviam juntos e pensavam um no outro. Elias Rukla havia completado 36 anos antes que uma mulher entrasse para valer na sua vida, por isso tinha um apreço imenso justamente por esses detalhes, e não hesitava em descrevê-los como o mistério do casamento. Ele adorava ficar pensando no que diria a ela assim que chegasse em casa, nos episódios que contaria para ela, e ansiava para ver a expressão do seu rosto ao contar exatamente aquilo porque pensava: Eva vai com certeza ficar feliz em saber disso! Milhares de horas foram gastas nessas ponderações e milhares de horas foram automaticamente gastas em explicações, considerações e reflexões que nem percebia que estava fazendo, mas que eram como um todo dirigidas a ela e totalmente determinantes para os passos dele. No meio de uma conversa, com um colega na sala dos professores, por exemplo, ou no meio de uma aula, ele podia de repente se pegar pensando: Preciso me lembrar de avisar Eva que vai passar um filme com Jack Nicholson hoje à noite, que será comentado no programa *Revista de Cinema* (ele havia visto uma nota no *Dagbladet* a respeito), sem que houvesse nada na situação, nem com os colegas nem na sua aula, que de modo razoável permitisse associações nesse sentido, eram apenas pensamentos felizes que lhe ocorriam, como para abençoar sua vida como homem casado. Sim, agora ele a conhecia. E ela tinha se deixado conhecer por ele, sem reservas, também em papéis não diretamente ligados à relação entre eles. Ela o deixou entrar livremente na sua vida como mãe (de Camilla), como filha (em relação aos seus pais) e como amiga (em relação às amigas, que sempre iam visitá--los), e no papel de esposa, graciosa ao seu lado, quando ele com orgulho a apresentava aos colegas. Ela viera a ele e ficara com ele. Por quê, ele não sabia, mas viera a ele e ficara com ele. Ela nunca disse que o amava, mas quando ele perguntou se ela queria se mudar para sua casa se ele comprasse o apartamento maior na rua Jacob Aall, ela disse sim, e foi, e quando, dois anos depois, ele a pediu em casamento, ela o olhou, refletiu, sorriu e disse sim. Mas acrescentou que ela era Eva Linde. E, naquele momento, Elias Rukla pensara: Certo, ela é Eva Linde e eu nunca vou saber por que quer morar comigo. Mas o fato de querer é suficiente, é até mais do que suficiente que ela queira, fico feliz por ela querer, apesar de nunca vir a saber o motivo de ela querer, e nem ter certeza de que os motivos sejam os que eu gostaria que fossem.

 Ela tentou mostrar que gostava dele. Muitas vezes de modo tocante. Por exemplo, pelo carinho com que cuidava das suas roupas. Ela definitivamente não era do tipo dona de casa, mas insistia em passar as camisas dele, fazer vinco nas calças, tirar o pó das jaquetas. Enquanto ele se sentava à mesa corrigindo redações, ela ficava em frente à tábua de passar na sala, passando e fazendo vincos toda desajeitada, toda perdida, cantarolando e cantando como uma verdadeira dona de casa (de fato, trabalhava meio período como secretária, fazendo seus estudos paralelamente). Quando terminava, ela mostrava as calças com vincos e ria contente para ele. Ou as camisas recém-passadas, antes de dobrá-las. Ela escovava seus ternos; todas as vezes que ele ia vestir um, ela o escovava antes. De fato, cuidava das roupas como se fossem tesouros preciosos; ele nunca pediu que cuidasse delas, nem era algo que precisasse fazer, mas desde o primeiro dia ela tinha assumido a tarefa como um problema que ela resolvia, e que ficava contente em resolver. Será que ela, na verdade, gostaria de poder estar em outro lugar, mas que não era possível, e já que não podia estar onde mais gostaria, então preferia estar exatamente onde estava, com ele, e seria este talvez o motivo do seu silêncio? Ah, se esse for o caso, então fique, Eva Linde, fique aqui. E Elias Rukla se levantava da mesa com pilhas de redações, ia para perto dela ao lado da tábua de passar e dava-lhe um abraço apertado. Obrigado por cuidar das minhas calças, obrigado por passar as minhas camisas. Obrigado por tudo que você me deu. Com o passar do tempo, Elias Rukla se tornou extremamente cuidadoso ao expressar seu amor por ela, porque acontecia que, quando dizia que a amava, ela não conseguia responder com as mesmas palavras, e Elias entendia que devia abster-se de expressar seu amor, e mesmo que às vezes fosse bastante sofrido para ele se refrear, sentia que era o mais correto. Por isso era dessa maneira que se comunicavam, ela sorrindo para ele, com suas calças bem vincadas, ele se levantando da mesa para abraçá-la.

Assim levavam a vida. Elias Rukla a tratava com grande cuidado para não a deixar desconfortável. De vez em quando, pensando que ele não a via, ou quando se esquecia da presença dele, ela ficava ausente, olhando o vazio, e nesses momentos tinha uma expressão triste, infeliz até. Mas assim que ela acordava do devaneio e percebia que ele estava no quarto, sua expressão se transfigurava no oposto, ela sorria para ele, tentando apagar a expressão triste que sem querer mostrara, Elias ficava aflito, porque não entendia sua necessidade de esconder dele que por um momento ela estava infeliz, e mesmo que o tempo todo carregasse uma tristeza no seu íntimo, não era preciso esconder, porque ele conseguiria aceitar que era assim mesmo, como também conseguiria aceitar o fato de que não havia nada que pudesse fazer a esse respeito. Mas pela manhã, ela não conseguia fingir. Eva Linde nunca queria ir ao encontro de um novo dia, ela não queria acordar, e se agarrava ao seu sono de modo impressionante. É de sua natureza, Elias Rukla pensava, ela deve ter sido assim desde sempre, sempre preferiu o sono a estar acordada, é por isso que parece tão frágil às pessoas de seu meio.

Na verdade, ela era um pouco mimada. Tinha um toque de denguice, intrínseca à sua indescritível beleza, que ela mesma detestava, mas da qual não conseguia se livrar, porque para ela era conveniente ser mimada, já que provocava a necessidade de servi-la em quem estivesse por perto quando esse traço reacendia, ou melhor, ardia. Ela era mimada, o que constantemente vinha à tona. Mas só em breves relances. O casal não tinha muitos recursos,

Elias Rukla era professor, com dívidas de estudos e do apartamento; um salário de professor nunca foi grande coisa, e na Noruega daquela época, no final dos anos 1970, era mais baixo do que nunca. Ele tinha que controlar cada tostão, essa era a triste verdade. Eva teve de continuar a trabalhar em meio expediente como secretária nos Cinemas de Oslo e acabou não retomando os estudos universitários que há muito tempo havia deixado, apesar de ser o que realmente queria. Mas ela continuou a trabalhar sem reclamar, e o fazia com prazer, já que era a sua contribuição necessária à economia do casal. Todavia, de repente, ela podia resmungar para ele. Certa vez foi pelo fato de ela expressar o desejo de ter uma cozinha nova e voltar para casa com um monte de folhetos. Elias disse-lhe que estava fora de cogitação. Simplesmente não tinham dinheiro suficiente (haviam comprado um carro meio ano antes). Então, ela resmungou para ele: Maldito pão-duro!, com um olhar cheio de desprezo. Isso mesmo, desprezo. Puro desprezo. Durante dois ou três segundos, Elias Rukla olhou nos olhos de uma mulher indescritivelmente bela que nutria um ilimitado desprezo por ele, até dar uma brusca reviravolta, dizendo, já com a voz meiga: Desculpe, eu sei que não podemos, foi estúpido da minha parte. E o resto da noite ela era a amabilidade em pessoa, e quando foram dormir, ela deu claros sinais de que se ele quisesse chegar-se a ela, não havia nada que a deixaria mais feliz, e se viesse, podia estar seguro de que seria bem recebido.

Isso preocupava Elias Rukla. Não que ela o olhasse com ódio, mas sua subsequente complacência. Por que não reconhecia seu desprezo por ele, que era incapaz de lhe providenciar uma cozinha nova, já que a velha estava tão gasta e antiquada? Ela tinha o direito de exigir isso dele, e mesmo que tivesse de dizer que não tinham os meios necessários, ela tinha o direito de desprezá-lo por isso. Estar casado com uma mulher como Eva Linde traz certas obrigações que ele não cumpria, e tinha de dizer não aos sonhos tão triviais de sua mulher. Claro, podia argumentar que ela devia saber o que estava fazendo quando se casou com um simples professor com rendas limitadas, e por isso estava seguro quando disse que, naquele momento, uma cozinha nova era impossível, mas, por outro lado, ele deveria tê-la advertido e dito que uma mulher como ela nunca teria seus desejos e sonhos satisfeitos ao lado de um surrado professor da escola secundária, e, se o tivesse dito, ela teria soltado um riso límpido e incontido. Ela sabia o que estava fazendo. Mas seria por isso que ela abdicava do seu próprio valor como a mulher que Elias Rukla tanto valorizava? Justo por mostrar desprezo por ele quando ele tinha de admitir que não podia satisfazer um desejo tão trivial de Eva, ela mostrava, e enfatizava, seu valor, colocando-se no nível em que o próprio Elias Rukla achava que ela devia estar. Portanto, Elias Rukla não tinha problemas em aceitar seu desprezo. Ele tinha problemas em aceitar sua tentativa de ocultá-lo e mascará-lo depois. Sua deliberada complacência depois. Qual seria o motivo? Por que ela não ousava sustentar seu desprezo? Seria por ter renunciado a esse direito? Era óbvio que sim, mas isso indicava o quê? Que ela no íntimo havia renunciado ao direito de fazer qualquer exigência a ele? E isso, por sua vez, indicava o quê? Elias não sabia, mas ficava profundamente atormentado por sua dissimulada complacência após esse tipo de rompante, o que tornava difícil para ele responder ao convite de chegar-se a ela de noite, apesar de ela deixar inequívocos sinais de que, se ele viesse, nada a deixaria mais feliz, e que ele, justamente por essa razão, não podia recusar, ao contrário, tinha de se forçar para estar preparado, como uma grande honra que ele assim desmerecidamente recebia, o que tornava portanto possível descrever Elias Rukla naqueles anos como um homem, se não contente nem feliz, pelo menos de sorte.

A pequena Camilla, filha de Johan Corneliussen, também se mudara com Eva Linde para o apartamento de quatro cômodos na rua Jacob Aall, se tornando enteada de Elias Rukla. Dos seis até os dezenove anos ela morou ali com eles. É seguro afirmar que Elias Rukla nunca chegou a conhecer outra pessoa tão bem quanto Camilla Corneliussen. Ele acompanhou de perto sua infância e sua juventude, como seu sempre presente padrasto. Elias e Eva Linde nunca tiveram filhos juntos, por isso, Camilla foi a única criança que ele viu crescer. Camilla não precisava se preocupar em esconder segredos dele quanto à sua natureza, porque ele a conhecia por dentro e por fora. Ele a tinha visto se expressar como criança e adolescente de modo livre e desenfreado, se tornando, com muito alarido, a jovem mulher que era hoje. Através dela, ele viu, até no mínimo detalhe, o medo de uma criança não ser como as outras. Compreendeu que esse medo era muito maior do que o temor de ser trancada em quartos escuros, que também era grande e fundamental. E chegou a compreender que o medo que uma criança pode ter porque a fivela do seu sapato, que ela mesma acha bonita, não parece nem um pouco com as fivelas dos sapatos das outras crianças, pode realmente atormentar a alminha de uma criança por bastante tempo, o que o deixou bastante preocupado. Como é que ela ia conseguir se desenvolver e se tornar uma pessoa independente sob condições existenciais desse tipo? Ele sempre se perguntava sobre isso durante a adolescência de Camilla. E, ao mesmo tempo, longe de facilitar as coisas, essa mesma criancinha era extremamente aberta e confiante nas pessoas do seu círculo, não só em relação a Elias e à mãe, como em relação às mesmas crianças que tinha tanto medo de não aparentar ser igual. Em que desastres, reais e imaginários, isso não resultaria! E Elias acompanhava de perto todos os desastres e ataques nervosos da pequena Camilla. Quando a paciência da mãe se esgotava, entrava Elias, tentando acalmar, animar, reconfortar. E quando Camilla chegou à adolescência, ele teve de agir como mediador e reconciliador entre mãe e filha. Ele tendia a tomar o partido de Camilla, porque ele achava que Eva Linde às vezes não conseguia distinguir entre o que era ser mãe e educadora de Camilla e o que era ser sua mãe e sua dona. Aliás, isso já havia começado logo depois de se mudarem para morarem juntos. Camilla tinha um quarto só para si, que manteve durante os anos em que morou com eles, embora tenha mudado radicalmente de aparência ao longo dos tempos, e Elias achava que ninguém tinha o direito de entrar ali sem avisar. Ele era da opinião de que uma criança tinha o direito de ter o próprio quarto e poder ficar lá em paz, sem medo de ser perturbada pelos adultos. Eva não concordava com isso, e ao longo dos anos tiveram algumas discussões a respeito, mas se Elias estava inclinado a ceder a Eva em outras questões relativas à Camilla, que afinal era sua filha, ele se manteve firme quanto ao quarto. Camilla sempre o procurava. Ele sentira profunda pena da menininha de seis anos quando viera, escondidinha atrás da mãe com um urso de pelúcia debaixo do braço, para morar na casa dele. Ele tinha a sensação de que algo na vida dela tinha sido roubado, e que a falta que sentia daquilo que fora roubado, um pai, não tinha reparo. E ele mesmo não queria reparar a perda, nem mesmo se pudesse. Ele era o padrasto de Camilla, ele estava no lugar do pai, mas não podia substituir aquele pai, porque não era seu pai; seu pai se chamava Johan Corneliussen e morava em Nova York. Elias Rukla era amigo da sua mãe e seu novo marido, e era nessa qualidade que estaria no lugar do pai para Camilla. Ele não queria nem por um segundo privar Camilla do sentimento da falta que seu pai fazia, porque não tinha o direito de fazê-lo. Por isso era sempre um pouco reservado em relação a ela. Ele precisava manter certa distância quando ela o procurava toda confiante, querendo que satisfizesse todas as suas expectativas. Também acabou tendo uma relação distante com os pais de Eva, o coronel aposentado e sua esposa. Afinal, o motivo de procurarem o casal Rukla/Linde era manter contato com a netinha, Camilla Corneliussen. Nessas ocasiões, Elias Rukla era, portanto, um intruso, e procurava ao máximo se manter no segundo plano quando visitavam o coronel e sua esposa ou os recebiam em casa, como por exemplo no Natal, e ele tinha a impressão de que os pais de Eva o consideravam o homem que, por ora, cuidava da sua filha, mesmo depois de terem se casado discretamente, o que Elias Rukla achava natural. Mas, nessas circunstâncias, sobretudo nas vésperas de Natal na casa do coronel em Lillehammer, às quais Elias não exatamente ansiava por ir, ele sempre receava que Camilla viesse, como fazia em casa, se sentar no seu colo, e quando acontecia de ela ir, ele tentava com muito cuidado fazê-la descer o mais rápido possível, recorrendo a algumas manobras de dissuasão, inclusive porque havia um grande presente de Johan Corneliussen embaixo da árvore de Natal.

Porque depois de morarem juntos por um ano, Johan Corneliussen deu sinal de vida. Ele escreveu uma carta à sua filha. Camilla acabara de entrar para a escola, e a mãe foi para o quarto da menina e leu a carta para ela. O que ali estava escrito Elias nunca ficou sabendo. Todavia, insistiu que Camilla respondesse, o que Eva não queria. Mas Elias se manteve firme e ficou horas a fio com a pequena Camilla elaborando uma carta para seu pai, como ela mesma a teria escrito se já tivesse aprendido a arte de escrever cartas. Ela só sabia escrever em letras maiúsculas, que juntava com grande dificuldade para formar palavras, e quando iam expressar uma frase inteira, tendiam a ocupar um espaço bem além do que cabia numa folha de papel. Por isso, Elias tinha de ajudá-la, primeiro arrancando dela as frases que gostaria de dizer ao pai, para depois colocá-las no papel de modo a caberem. Quando a carta finalmente estava pronta, restava a tarefa minuciosa de preparar o envelope no qual Camilla ia escrever o nome e o endereço do pai. Como sabemos, Eva não queria ter nada a ver com a carta, e Elias não conseguia se sentir à vontade para escrever o nome e o endereço num envelope que continha uma carta da filha para o pai. Portanto, teria que ser escrito por Camilla, não havia outra solução. Levou tempo para enquadrar o endereço bastante extenso de Johan Corneliussen, escrito com letras infantis, na reduzida superfície de um envelope, mas pelo menos pode se dizer que Camilla aprendeu a domar as grandes letras infantis de modo raramente visto entre crianças da sua idade. Mais tarde vieram outras cartas, e o mesmo procedimento se repetiu, até Camilla ter crescido o suficiente para poder ler as cartas do pai e respondê-las por conta própria. No seu quarto, ela podia ficar sossegada e escrever para um pai que mal conhecia, mas que marcaria toda sua vida com um sentimento de falta que nada podia remediar, pensava Elias Rukla. Quando ela completou catorze anos, foi convidada para ir a Nova York visitar o pai e seus meios-irmãos do terceiro casamento de Johan Corneliussen. Eva Linde foi muito resistente em deixar a filha ir, mas Elias conseguiu persuadi-la mais uma vez. Entretanto, quando estava no terraço do aeroporto de Gardermoen, vendo Camilla caminhar em direção ao grande Jumbo que ia levá-la para Nova York, Elias Rukla ficou apavorado. Imagina se ela não voltar, imagina se ela nos escrever para dizer que de agora em diante vai querer morar com o pai. Ele já havia notado que ela às vezes escrevia seu nome como Camilla Cornelius, igual ao novo sobrenome do pai, John Cornelius, não em documentos formais, mas no seu estojo tinha escrito Camilla Cornelius e rabiscava Camilla Cornelius em pedaços de papel que estavam espalhados em tudo que era lugar, meio de brincadeira, mas também para provar uma nova identidade, que era mais diretamente ligada ao pai americano do que com a Camilla Corneliussen, um sobrenome que o pai havia abandonado, e agora Camilla também queria abandonar Corneliussen e ir atrás dele como um Cornelius, pelo menos ela estava experimentando, rabiscando o nome repetidamente, ele notara. Mesmo assim, ele insistiu e conseguiu convencer a mãe a deixá-la passar o verão em Nova York. Não podia fazer diferente. Com que direito podia privar Johan Corneliussen de rever a filha após oito anos? Com que direito podia privar sua enteada de rever o pai, após uma vida inteira, o que, afinal, esses anos deviam ser para ela? Mas ele foi tomado de angústia. Eva nunca vai me perdoar por isso, ele pensou, e por que deveria? Johan Corneliussen não merece, e seria uma terrível injustiça para com Eva. Ele não pode fazer isso com a gente, pensou. Mas durante o verão inteiro temeu que fosse exatamente isso que Johan Corneliussen pudesse fazer. Elias Rukla conhecia a personalidade exuberante de Johan Corneliussen, e que menina de catorze anos resistiria a esse pai se exibindo no seu novo e deslumbrante ambiente? Pobre Camilla, pensou, seria demais pedir que você tivesse forças para resistir. Mas Johan Corneliussen não pode fazer isso, pensou. Entretanto, se quiser, ele pode, deixando nós dois aqui sozinhos, e então eu jamais serei perdoado. Que poder esse homem tem sobre nós, exclamou, e pela primeira vez se ressentiu contra Johan Corneliussen e toda a sua personalidade. Mas o verão passou. E Camilla voltou. Depois de oito semanas ela voltou para junto deles, para passar o resto da sua adolescência com eles na rua Jacob Aall. Aos dezenove anos, depois de concluir a escola secundária, ela deixou a casa onde crescera para começar sua formação profissional.

Isso foi em 1989. Elias Rukla era um pacato professor da escola secundária, que durante toda sua vida não se distinguira por nada, o que tampouco o perturbava, pois nunca imaginara que iria se distinguir de alguma forma. Era um cidadão norueguês comum, com interesses voltados para a sociedade, que lia jornais, assistia à TV, lia seus livros, tinha suas ideias e ia todos os dias para o seu ofício na Escola Secundária de Fagerborg. O único aspecto sensacional da sua vida parecia ser o de ter se casado com uma mulher tão bela, aos 36 anos, treze anos antes. Ele notava isso pelos inúmeros olhares de surpresa lançados sobre sua fisionomia quando aparecia acompanhado de Eva Linde, apresentando-a como sua esposa. Diga-se de passagem que àquela altura sua beleza já estava bastante desbotada. Ela engordara bastante, perdendo a graciosidade de antes. Elias Rukla não se importava muito com isso. Decerto podia sentir uma pontada de tristeza ao ver fotografias da Eva de treze anos antes e compará--las com a mulher entre os quarenta e cinquenta anos com quem era casado, elas tinham a mesma identidade, nada mais. Uma dolorosa percepção da transitoriedade da vida, dirigida à graciosidade perdida de Eva. Tristeza. E a perda dos olhares de surpresa. Tinha de admitir que sentia falta deles, porque todos lamentam a perda do próprio brilho, e não foi diferente quando Eva perdeu o seu, pois foi sobretudo ele que o perdeu aos olhos das outras pessoas. Essas coisas contam, pensava Elias quando sentava sozinho na sala à noite com sua cerveja e suas doses de aquavit. Ele sentava assim com frequência. Com o passar dos anos, sua tendência de exagerar na bebida havia aumentado. Agora costumava ficar na sala até tarde, depois de Eva ter ido dormir. Tornara-se um hábito que tinha efeito calmante, ele precisava desse momento só para si, com sua aquavit e sua cerveja. Porque havia acontecido algo com ele, algo que tinha dificuldade de entender e de se conformar. Crescia nele uma sensação de estar socialmente fora do jogo. Esse sentimento o perturbava profundamente, e também achava espantoso que houvesse de ser assim. Mas pouco do que era oferecido a ele, uma pessoa socialmente consciente, lhe interessava. Nem a televisão nem os jornais conseguiam mais animá-lo. Não conseguia encontrar uma resposta objetiva que explicasse tal fenômeno. Fato era que eles não o estimulavam mais. Repetidas vezes dizia a si mesmo: Não é tão ruim assim. Os jornais têm notícias e têm cultura, de que estou me queixando, então? E era tão melhor antes? Não, não era. As pessoas sempre reclamaram dos jornais, sem falar da televisão, eu inclusive. Mas quando na manhã seguinte voltava a abrir um jornal, tinha o mesmo sentimento de ter sido colocado para escanteio. O que devia interessá-lo, as notícias e os cadernos de cultura, não conseguiam envolvê-lo suficientemente, ele apenas folheava o jornal, muitas vezes com um gesto irritado. Com a televisão também. Quando se sentava para acompanhar um debate na TV, acontecia a mesma coisa. A fala dos participantes o interessava apenas minimamente, mesmo quando, a princípio, Elias Rukla se interessava pelo tema a ser debatido e algumas raras vezes ficava tão interessado que aguardava ansioso pelo debate. O único proveito que tinha, porém, era estudar a técnica retórica dos participantes, os truques semânticos e trajes cuidadosamente escolhidos, e então "desmascará-los", mas nem isso o deixava minimamente feliz, sobretudo quando refletia que esse era seu único proveito. Então ficava desapontado. Os debatedores em absoluto se dirigiam a ele, mas a outras pessoas, obviamente bem mais importantes a quem envolver do que ele. Mas isso era motivo de tanto se queixar, o fato de não sentir mais prazer em ler jornais e ver televisão? Para Elias Rukla era motivo, sim, porque influía diariamente no seu humor, ou melhor, na sua disposição fundamental como membro da sociedade, e isso num grau alarmante. O que as manchetes dos jornais traziam como único, sensacional, importante e notável não encontrava nenhuma ressonância nele, bem pelo contrário, ia em direção oposta, para ele era totalmente indiferente, totalmente estranho, ou até revoltantemente estúpido e, quando isso se repetiu dia após dia, mês após mês, ano após ano, ele acabou ficando triste. E quando, além disso, aquilo que de fato interessava a ele, Elias Rukla, em absoluto não se encontrava nos jornais, ou, o que era quase pior, encontrava-se escondido numa breve notinha, fazia com que ele se sentisse uma pessoa caduca e debilitada. Tinha a sensação de não conseguir acompanhar o tempo em que vivia, e nenhuma pessoa pode vivenciar isso sem sentir tristeza, e talvez raiva. Via fotografias de pessoas supostamente famosas, que tinham acabado de fazer uma coisa ou outra, mas essa coisa ou outra que as tornava famosas não lhe dizia nada e não o impressionava nem um pouco, a façanha que acabaram de realizar lhe parecia bastante irrelevante, e aquilo que considerava importante, era obrigado a procurar escondido em algum canto. O sistema hierárquico dos jornais o revoltava, e também o deixava triste. O fato de que as pessoas que davam o tom na sociedade avaliassem e refletissem a realidade de um modo que ele percebia como um aviltamento a tudo o que defendia, e que diariamente o colocava fora do jogo, obrigou-o a admitir que os jornais e a televisão significavam um encontro diário com uma interminável derrota pessoal. Nunca ficam satisfeitos!, ele às vezes tinha de exclamar para si mesmo. Não pode nos poupar?, ele implorava a si mesmo, sabendo que ler o jornal e assistir à televisão eram atos voluntários, contudo, não era tão simples assim. Como membro da sociedade, ele precisava ir ao encontro do mundo, engajar-se nele e compreendê-lo, se interessar por ele e participar, com fervor e afinco, daquilo que o resto da sociedade se ocupava através dos jornais e da TV, se comunicar, como se diz, mas para ele isso havia se tornado impossível. Vou dar apenas um exemplo, ele disse para si mesmo, dando voltas à noite na sala da sua casa na rua Jacob Aall, depois de Eva ter ido dormir. — Em 1970 estive num seminário literário na Finlândia, onde conheci a obra de Penti Saarikoski,[3] da qual me ocupei bastante mais tarde. E eu não era o único a ter grande apreço por ele, ele era de fato reconhecido como um dos maiores escritores escandinavos da atualidade. Mas quando Penti Saarikoski faleceu, com apenas

---

3 Poeta e tradutor finlandês. (N.E.)

quarenta e poucos anos, os jornais noruegueses não mencionaram uma palavra sequer. Elias só ficou sabendo por um comentário casual que entreouviu meio ano mais tarde. Mas então, quando um animador de TV sueco morreu pouco tempo depois, não só foi notícia nos jornais noruegueses, como recebeu cobertura nas primeiras páginas. Para não mencionar quando faleceu uma apresentadora de telejornal norueguesa. Os jornais declararam luto oficial no país inteiro. Nem mesmo diante da morte eles param para refletir um pouco. Cair em si, mostrar um pouco de humildade, fazer perguntas elementares que todo ser humano *precisa* fazer, para que tudo, desde o princípio, não seja a mesma merda, dizia Elias Rukla para si mesmo, sozinho com seu sofrimento social à noite, já quase de madrugada. A morte de uma apresentadora de notícias da TV é um assunto privado, sua morte é o luto da sua família, que deve ser deixada a sós, não há nenhum interesse público nisso, nenhuma apresentadora, nem mesmo da TV, deixa algo de tão valioso em comparação a outros seres humanos para que seu falecimento ultrapasse a fronteira da esfera particular e se torne um assunto nacional. Contudo, os jornais fizeram disso um assunto nacional. Me dá vontade de vomitar, pensou Elias Rukla. Como pode acontecer uma coisa dessas? O que realmente aconteceu? Pois é, o que está acontecendo? – É claro que sei o que está acontecendo, irrompeu Elias Rukla na própria fala. Pense em Hokksund. Quantas pessoas em Hokksund se importam com a morte de Penti Saarikoski aos quarenta e poucos anos de idade? Vinte? Mas quantas pessoas conheciam a apresentadora de notícias da TV, e inclusive já sabiam que ela estava doente? Quatro mil? Cinco mil? A resposta está dada. Mas não a pergunta. A pergunta fundamental. E já que a pergunta fundamental não é feita, a resposta insuportável está dada e é óbvia. – É assim mesmo!, exclamou. Por que não se pode mais fazer a pergunta fundamental? Ah, me recuso a responder, exclamou, todos já sabem! Preciso dizer? Não, eu me recuso, repetiu obstinado. Em vez disso, pensou na sua vida e no trabalho. Se alguém havia *provado* sua lealdade a esta sociedade, era ele. Por sete anos havia dedicado sua vida aos estudos para se capacitar como educador público da juventude norueguesa. Depois disso, durante quase 25 anos teve como tarefa diária transmitir a compreensão e os fundamentos da nação à geração por vir. Realizara tudo isso voluntariamente, de olhos abertos; de fato, ele mesmo escolhera esse caminho, uma escolha livre entre muitas outras possibilidades a seu dispor, poderia, por exemplo, ter se tornado advogado, engenheiro, economista, médico etc. etc., mas ele escolhera estudar filologia para ser o leal educador da nação, intermediário do fundamento em que toda a sociedade é construída, e no seu entender devia ser construída, certamente uma escolha feita sem grandes reflexões, já que a considerava tão óbvia. Por 25 anos tentara paulatinamente cumprir a missão de sua vida como simples e modesto professor secundário, ainda por cima com um salário bastante minguado. Na superfície, uma existência bastante cinzenta, algo que o salário mensal claramente realçava. Mas isso ele já sabia, não podia vir agora se lamentar por não ter se tornado um rico advogado. Sua escolha fora feita baseada na premissa de que o trabalho como professor na escola secundária lhe traria uma satisfação interior, e que essa satisfação produziria uma luz interior que por sua vez tornaria o lado cinzento da sua figura insignificante, um pressuposto que mostrava uma confiança na sociedade norueguesa e nos seus fundamentos que ele só poderia caracterizar como tocante, bela até, pensou, e que fora compartilhada com um número surpreendente de jovens estudantes na sua década, a dos anos 1960, e tanto antes como depois daquela década; sim, essa confiança tocante havia de fato sido comum entre jovens talentosos em toda a história da nossa nação, ele pensou um pouco perplexo, porque nunca antes pensara sobre o assunto desse modo. Portanto, ficou profundamente magoado ao perceber que os jornais e a TV evidentemente não mais se dirigiam a ele e a seus semelhantes. Era como se os formadores de opinião pública não se importassem mais nem um pouco com ele. Pelo contrário, era como se fizessem questão de ignorá-lo, quase como se tivessem um prazer especial nisso. Ele já era um nada para eles, e Elias Rukla se sentiu profundamente magoado. Malditos!, pensou, afinal sou uma pessoa normal e socialmente consciente, com boa formação e razoável bom senso. Além de ser culto. Como pude me tornar tão desinteressante para aqueles que dão o tom, a ponto de nem se darem mais ao trabalho de me cumprimentar? Era assim que Elias Rukla se sentia. Para simplificar, os jornais feriam sua vaidade, porque quando os lia entendia como fora estúpido da sua parte, com suas possibilidades, ter se tornado professor secundário. Jamais teria acontecido hoje, pensou, o que ele também deixara bem claro para sua enteada, Camilla, no ano anterior. Faça qualquer coisa, mas não se torne professora secundária, não se tranque numa escola. Se mesmo assim fizer questão, que seja unicamente por você não se dar ao trabalho de ser outra coisa. É a minha mais sincera opinião, ele dissera à sua enteada antes de ela sair de casa. Ele se sentia vencido. Tudo o que defendia fora tirado do discurso diário da sociedade. Ele andava pelo apartamento da rua Jacob Aall ruminando sobre essas questões, noite após noite, depois de Eva ter ido dormir. Tomava algumas doses de aquavit, seguidas de cerveja, cuidando para não tomar demais porque não quereria comparecer na escola de ressaca, mas, mesmo assim, vez ou outra passava dos limites. Ai, ai, pensava então quando ia dormir, sentindo que havia exagerado na dose. Ficar assim ruminando de noite podia deixá-lo bastante revoltado. O pior disso tudo era achar que não tinha mais nada para dizer. Só para si mesmo. Uma época havia chegado ao fim, e ali estava ele falando consigo mesmo. Uma época havia chegado ao fim, e, com ela, ia junto o socialmente consciente Elias Rukla, por ter se colocado à disposição como educador público justamente para essa época. Tinha pouca vontade de ser educador para uma nova época, nem tinha condições para tanto, para dizer o mínimo. Simples assim!, exclamou. Assim são as coisas, que merda. Decadência em toda parte. É só olhar em torno!, exclamou. Você nem sabe mais falar. Quando foi a última vez que teve uma conversa? Deve ter sido há anos, concluiu depois de refletir um pouco. Para encontrar o que interessa, precisa fuçar um monte de asneiras de interesses comerciais, emendou. Pode se calar, pelo menos. Ainda por cima chamam esse monte de asneiras de democracia. É assim, se eu chamo isso de asneira, lá vêm eles dizendo que tenho desprezo pelo povo, pensou revoltado. E talvez tenham razão, refletiu. Talvez não acredite mais na democracia. Peraí, Elias. Você está bêbado, disse severo para si mesmo, e por precaução falou em voz alta para ouvir se estava um pouco fanho, o que, para seu alívio, pôde constatar. Mas isso se repetia. Elias Rukla se pegava em flagrante outras vezes, tarde da noite, depois da meia-noite, com esse tipo de pensamento, que sempre o deixava deprimido. Não era para menos! Imagine não ser mais democrata no próprio coração! O que mais viria a acontecer! Seria por ter sido derrotado? Teria o motivo do seu sofrimento social raízes na democratização da cultura e da própria vida? Mas, afinal, ele era contra! Isso o revoltava! Nesse caso, por que ele seria um adepto da democracia quando as manifestações da democracia o revoltavam? Está bêbado, Elias, se ouviu dizer a si mesmo, outra vez, vá dormir, já está ficando tarde. Mas ele não ia dormir. Continuava suas ruminações, o mais profundamente possível. Tentou se consolar com o fato de ser bem comum que uma minoria que foi vencida, praticamente aniquilada, tenha dificuldades em louvar seus vencedores e as armas usadas para vencê-la tão completamente. Mas ele estava incumbido desse dever, já que era a voz do povo e o direito a se manifestar que o haviam derrotado. Recuso-me a me ver como não democrático, pensou obstinadamente. Não aceito. Por isso preciso dizer, e não sem certa repugnância, que se uma pessoa quiser mostrar sua crença na democracia, também tem de fazê-lo quando está em minoria, convencida de fato de que, tanto intelectualmente como no íntimo do seu ser, a maioria, em nome da democracia, passa o rolo compressor por cima de tudo que ela defende, e tudo que importa para ela, tudo, enfim, que lhe dá forças para viver e persistir, que dá algum significado à sua vida, que vai além do seu destino bastante fortuito, por assim dizer. Quando os arautos da democracia gritam e bradam triunfantes suas conquistas vulgares, dia após dia, fazendo-a realmente sofrer, como eu, ainda assim é preciso aceitar, porque não quero que digam outra coisa a meu respeito, ele pensou. Ficou por um bom tempo perdido em profundos pensamentos, olhando o vazio à sua frente. Mas isso é terrível, acrescentou, e de repente se levantou para ir dormir. Além do mais, não tenho mais ninguém com quem conversar, suspirou. Eva, claro, mas não era bem isso que eu tinha em mente. O que tinha em mente era aquele outro tipo de conversa, a conversa contínua, que sempre fora tão cara a Elias Rukla. Algumas pessoas talvez tenham esse tipo de relação com a esposa, ou com a mulher da sua vida, podem ter uma conversa contínua com ela, mas para Elias Rukla isso nunca parecera natural, a ligação com sua mulher era bem diversa e não correspondia em nada à necessidade que Elias Rukla sentia de uma conversa contínua e, pensando bem, nesse sentido, tampouco via os casais que conhecia se comportarem de maneira diferente de Eva e ele, mesmo tendo que admitir que seu julgamento talvez fosse um tanto superficial demais. Participar de uma conversa sempre fora bastante animador para Elias Rukla. Poucas coisas podiam instigá-lo mais do que estar presente a uma conversa ou a uma discussão, tanto durante quanto depois, voltando para casa, ou já em casa, refletindo sobre o que fora dito e inventando uma continuação, sobretudo das próprias falas, que em geral eram poucas e nem sempre tão boas quando eram ditas. Esse brunir das próprias falas a posteriori fazia parte, definitivamente fazia parte, de uma vida rica, pensou Elias Rukla com fervor na sua voz introspectiva. Mas acima de tudo era a conversa em si que o instigava, entre dois amigos, por exemplo, bem tarde da noite, ou em volta de uma mesa, com vários participantes, alguns naturalmente dominando a conversa, outros ficando em segundo plano, como Elias Rukla, mas sempre vivamente atento a tudo que era dito, quase extasiado até. Mesmo que ficasse a noite inteira sem dizer uma palavra, participava com fervor, aguardando ansiosamente a próxima fala de um dos participantes dominantes, repetindo as palavras para si mesmo logo que eram ditas, avaliando, bem..., ou hummm..., ou credo! sem ter complexos de inferioridade por tender a concordar com quem acabava de ter a palavra, o último honrado orador, para depois mudar de opinião quando o próximo pegava a palavra, porque as coisas são assim mesmo, pensou Elias Rukla, emocionado com a lembrança das conversas de que ele tantas vezes tinha participado. Acontecia, vez ou outra, de Elias Rukla chegar a uma ideia clara, ou pelo menos algo que podia vir a ser uma ideia clara, que mal podia esperar para expressar, ao mesmo tempo que se perguntava se ousaria, porque bem podia ser que aquilo que no momento parecera tão claro na sua cabeça pudesse parecer um tanto estúpido quando ventilasse suas opiniões em forma de frase ou comentário; já ocorrera

muitas vezes, e podia ocorrer novamente, mas antes de Elias
Rukla chegar a uma conclusão, a conversa tomava um novo
rumo, e a opinião de Elias Rukla já não tinha mais interesse,
antes teria provocado um atraso na conversa em andamento,
é preciso pegar a palavra na hora certa, concluía Elias Rukla
muitas vezes ao chegar em casa, ou no caminho. Ah, como
sentia falta de noites como aquelas, tantas vezes já vividas, e
agora tão luminosas na sua memória. Era um dos privilégios
da liberdade ter tido a possibilidade de participar delas. Mas
esse tipo de conversa não existia mais para Elias Rukla, nem
a dois com um grande amigo nem com várias pessoas ao
redor de uma mesa. Ele não tinha mais o que dizer, nem pareciam
existir outras pessoas no seu círculo de amizade, ou
meio cultural, que ainda tivessem o que dizer. As pessoas
pareciam não ter mais interesse em uma boa conversa. Ter
uma conversa verdadeira, e juntos estenderem-se para
chegar a uma compreensão, uma visão, de caráter pessoal ou
social, mesmo se fosse só para sentir o breve fulgor de um
insight momentâneo. De sua parte, Elias Rukla teve de
admitir que não era mais capaz, ele simplesmente não sabia
mais falar. Ele nem sabia como conseguiria iniciar uma conversa
do tipo que tantas vezes participara, e que tanto desejava
fazer acontecer outra vez. As poucas vezes que estivera
em vias de iniciar uma conversa dessas, na sala dos professores
na Escola Secundária de Fagerborg ou socialmente,
não conseguira, porque tivera a sensação de que teria parecido
"artificial", por assim dizer. Teria parecido "forçado",
"pouco natural" ou até "pomposo", e Elias Rukla tinha quase
certeza de que muitas outras pessoas sentiam da mesma

maneira, de modo que o aspecto "artificial" fez com que as conversas em seu meio deixassem de existir por si só. Na verdade, era curioso que tivesse de ser assim. Na sala dos professores na escola de Fagerborg, por exemplo, se reuniam todos os dias umas quarenta ou cinquenta pessoas que juntas carregavam a base do conhecimento geral do nosso tempo, como história, religião, botânica, biologia, francês, alemão, inglês, espanhol, e suas literaturas e, claro, literatura e línguas nórdicas, fisiologia, física, matemática, química, história da arte, economia, história política, ciências sociais, além do aperfeiçoamento do corpo com esportes e nutrição, e mesmo que não fossem sumidades nas suas áreas capazes de desenvolver novas ideias nas suas disciplinas, tinham suficiente conhecimento para se inteirarem e compreenderem as inovações, pelo menos numa perspectiva ampla, sem ser crítico demais da competência *real* de cada professor individualmente e, de qualquer modo, a quantidade de conhecimento individual na área de cada um fora grande o suficiente para as autoridades os apontarem como professores da geração por vir, e o que parecia a Elias Rukla bastante extraordinário era que esse estoque de conhecimento, esse alto nível cultural, influísse tão pouco na personalidade de cada professor. Pelo contrário, parecia que eles se sentiam a qualquer custo na obrigação de negar que se encontrassem nesse alto nível cultural e, com a maior naturalidade, usavam essa negação como ponto de partida na hora de expressar suas opiniões. Em vez disso, prefeririam apresentar-se como escravos das dívidas. Era disso que falavam, esse era o assunto da conversa. Toda manhã, de quarenta a cinquenta escravos das dívidas sentavam-se com seus lanches na sala dos professores, na Escola Secundária de Fagerborg. Batiam papos sobre tudo e sobre nada. Sobre o valor do empréstimo dos estudos, ao mês e ao ano, sobre os empréstimos da casa própria e a taxa de juros, ao mês e ao ano, e sobre o valor do empréstimo para o carro e o prazo das prestações, ao mês e ao ano. Nem todos eram escravos de dívidas, os mais novos estavam afundados em dívidas; os outros, como as pessoas da idade de Elias Rukla para cima, eram ex-escravos das dívidas. Na sala dos professores, face aos seus colegas, Elias Rukla era acima de tudo um escravo libertado das dívidas, e provando do próprio veneno, se expressava com segurança em relação a isso quando falava, isto é, quando ouvia um colega mais novo informar que a taxa de juros de empréstimos estudantis havia baixado para 8%, ele podia informar que estava exatamente tão alta, ou tão baixa quanto na época em que ele, Elias Rukla, começou a pagar suas dívidas estudantis no longínquo ano de 1970, como também podia contar ao mesmo jovem colega sobre o terrível medo que sentira na primeira vez que as taxas de juros do seu empréstimo da casa própria ultrapassaram 10%, em 1982. Era assim na sala dos professores, todos falavam das suas vidas como ex ou atuais escravos das dívidas, era o assunto favorito no intervalo do almoço, e, pior ainda, se Elias Rukla encontrasse alguns colegas na vida social, as mulheres emperiquitadas e os homens trajando confortáveis roupas modernas de passeio, eles estavam lá na qualidade de escravos das dívidas. Ali também. Sempre na qualidade de escravos das dívidas, o que na opinião de Elias Rukla era extremamente singular. Ele até entendia, não era isso, o salário de professor não era alto, mas, por outro lado, esses colegas mal pagos também representavam um alto nível cultural, que faziam o possível para esconder a fim de não contribuírem para a revelação do aspecto "artificial" das suas vidas e preferências; não somente em respeito a eles mesmos, mas também em respeito aos que se encontravam no mesmo nível. É por isso que duas pessoas que se encontram no mesmo nível cultural se apresentam uma à outra como escravos das dívidas, e logo se lançam numa animada conversa a partir desse tema, tanto na própria arena dos escravos, a sala dos professores, como nas reuniões sociais. Parecia que era exclusivamente a partir da referência a si mesmos como escravos das dívidas que podiam se ver como seres humanos sociais, isto é, como pessoas que podiam conversar sobre algo em comum e importante para todos os participantes da conversa. Com base no seu nível cultural, eram assombrados pelo medo justificável de, do ponto de vista social, parecerem um tanto "artificiais", "antinaturais" até, mas como escravos de dívidas levavam uma vida social mais ou menos dramática, que valia a pena comentar, ocupando a si e a outros do assunto. Certamente, ser um escravo das dívidas era ser um perdedor, uma pessoa não inteiramente bem-sucedida, mas vinculada à vida social como uma pessoa supermoderna. Na condição de escravo das dívidas, podia também se debruçar sobre os jornais e os programas de TV e se comprazer ao comentar o que era dito ali, e que afinal era uma expressão das correntes que ditavam as tendências, e como escravo das dívidas não era *tão* difícil compartilhar os valores e preferências, até a atitude para com à vida, ali formulados. Elias Rukla não tinha nada para dizer, mas também ele falava sem parar sobre nada. Como os outros. Muitas vezes com uma distância crítica e irônica, mas sempre sobre nada. Elias Rukla se lembrou de ter ficado decepcionado depois de ler *A insustentável leveza do ser*, de Kundera. Não com o livro, que era muito bom, uma obra-prima até, mas com o título. O título estava errado. O livro não era sobre a insustentável leveza do ser, mas sobre outra coisa. Porque a insustentável leveza do ser não é uma condição existencial da vida humana, mas uma condição social da vida para uma determinada camada social do mundo ocidental na segunda metade do século XX. A insustentável leveza do ser é algo que toca pessoas pensativas, ávidas por conhecimento, na Escola Secundária de Fagerborg, na capital da Noruega, durante as duas últimas décadas do nosso século. E que nos priva da habilidade de dizer alguma coisa. A outras pessoas. De falar. A conversação chegara ao estado de paralisia. As pessoas da camada social de Elias Rukla não conversavam mais. A não ser de modo rápido e superficial. Pareciam encolher os ombros uns para os outros. Talvez uns *com* os outros, numa espécie de irônica compreensão mútua. Porque o espaço público que uma conversação exige está ocupado. Há outras atividades em curso, como se diz. Você se torna "artificial" ficando do lado de fora, tendo que constatar que o espaço público está ocupado. Com surpresa "antinatural" constata-se que isso não existe mais. Não existe mais, não existe mais. Não existe mais, de modo que um professor culto, como Elias Rukla, de repente pode ouvir a si mesmo exclamar: Nossa, não é que Kaci Kullmann Five[4] está com diabetes! Será que isso combina com o trabalho de uma líder política? Por que ele disse aquilo? Em voz alta, na sala dos professores, para todos os colegas ouvirem? Ficaram de queixo caído de espanto? Não, não ficaram de queixo caído de espanto. Pelo contrário, balançaram a cabeça, veementemente. Eles também gostariam de saber. Se Kaci Kullmann Five conseguiria. Conciliar. Ser líder política e ter diabetes. Não era nada fácil. Ah, Elias Rukla às vezes morria de saudades de ter com quem conversar. Ah, como desejava que alguém rompesse as barreiras para *dizer* alguma coisa, nem que fosse pelo menos uma referência ao fato de a vida ter outras coisas a oferecer. Ele realmente procurava alguém que aludisse a isso, pelo menos numa espécie de código, se por ventura uma pessoa durante uma dessas rápidas trocas espirituosas na sala dos professores de repente apontasse o dedo indicador para cima, para o céu, e assim sinalizasse que havia uma longa tradição religiosa no nosso canto da terra com base no cristianismo, e por isso apontava-se com frequência o dedo indicador assim para cima, para o céu, onde, de acordo com a tradição, estariam Deus e seus anjos, para não esquecer os abençoados, e nesse caso Elias Rukla o teria abraçado efusivamente, independentemente do quão irônico parecesse um dedo indicador esticado assim, tanto para aquele que realizasse essa proeza como para os outros. Para Elias Rukla teria sido um sinal carregado de seriedade,

---

[4] Na época, era política, deputada do Høyre, partido de direita, conservador, e empresária norueguesa. Nos anos 1990, deixou a política e passou a integrar o comitê do Nobel da Paz. (N.E.)

mesmo revestido da linguagem convencional da ironia justo naquele momento. Ah, ele estava subnutrido de verdade, e sentia seu cérebro sobreaquecido, como se sua membrana cerebral sofresse de uma latente inflamação espiritual que pudesse estourar a qualquer momento, e que ele, por isso, não podia mais ser considerado são, era como se esperasse uma crise, como se viesse a ter uma iminente crise de vômito, violento e libertador, no futuro próximo, mas que nunca chegava. Ele procurava algo nos colegas que pudesse expressar essa *outra coisa*, algo que possibilitasse uma abertura, ele escarafunchava cada palavra que diziam, com a melhor boa vontade do mundo em manter uma atitude positiva e correr para ajudar esse indivíduo assim que as palavras quiçá crípticas fossem pronunciadas, para mostrar a ele seu agradecimento e tomar a palavra num provável sussurro rouco para começar, ele imaginou. E aconteceu mesmo, uma vez. De repente tinha acontecido! Um dos seus colegas entrou na sala dos professores, logo antes do sino tocar para a primeira aula, e disse: Hoje me sinto um pouco Hans Castorp, devia ter ficado debaixo do edredom. Elias Rukla teve um sobressalto. Estava ouvindo direito? O nome de Hans Castorp fora mencionado, de forma descontraída, assim de passagem? Hans Castorp, o protagonista do romance de Thomas Mann, *A montanha mágica*, mencionado como referência por um professor da Escola Secundária de Fagerborg, e nem por um professor de alemão, mas por um professor de matemática! Sim, era verdade, e para Elias Rukla esse foi um momento glorioso. Aqui é preciso mencionar que não foi a primeira vez que nomes de escritores ou personagens fictícios de obras literárias eram mencionados entre os colegas da Escola Secundária de Fagerborg. Acontecia até com certa frequência, Ibsen, Duun, Kielland etc., mas sempre num contexto pedagógico, como problemas relacionados ao ensino. Ou alguém tinha ido ao Teatro Nacional para ver uma peça de Ibsen, então era natural mencionar o nome de Ibsen, como também os principais personagens da peça, além dos nomes dos atores que faziam esses papéis. Mas, nesse caso, era mais como um ritual; um colega passara uma noite agradável no teatro e contava a respeito na sala dos professores, e talvez outro colega tenha estado no teatro alguns dias antes para ver a mesma peça, e também contava sobre isso, se já não tivesse mencionado a peça antes, e dava até para se ouvir um toque de discórdia, se a interpretação da atriz fulana no papel de Hedda Gabler ou da senhorita Wangel fora convincente ou não. Eram frases breves, ditas da mesma forma que se comenta se a barba de Jahn Otto Johansen[5] era um elemento perturbador no noticiário internacional da TV ou não, ou se o estilo do âncora Dan Børge Akerø era próprio ou era resultado de minuciosos estudos de modelos estrangeiros, sobretudo dos Estados Unidos, ou talvez da Inglaterra. Mas o comentário do professor de matemática: Hoje me sinto um pouco Hans Castorp, era diferente. Era um comentário ingênuo e natural que simplesmente havia escapado da boca do colega, sem que tivesse pensado muito a respeito. Nada de muito profundo, apenas um professor de matemática que

---

5 Foi um escritor e jornalista norueguês. Conceituado especialista em questões relacionadas à Europa do Leste e à antiga União Soviética (N.E.)

se sentia um pouco febril, e por isso se perguntava se não devia ficar em casa, debaixo do edredom, ou se ia forçar a barra e ir à escola assim mesmo, porque só se sentia um pouco mole e não doente de verdade, e então queria comunicar isso aos colegas, que não se sentia bem, e no momento que ia comunicar isso aos colegas ocorreu a ele que seu estado se assemelhava um pouco ao de Hans Castorp nas oitocentas ou novecentas páginas do romance *A montanha mágica*, e então ele disse, como uma alusão para explicar seu estado, não para evocar simpatia, mas para precisar seu estado com uma referência comum que simplesmente surgiu na sua língua: Hoje me sinto um pouco Hans Castorp, devia ter ficado debaixo do edredom, e talvez porque ele estivesse de fato lendo *A montanha mágica*, e talvez também tivesse pensado, na hora de acordar com um pouco de febre, hoje vou ficar em casa debaixo do edredom, onde posso continuar a leitura de *A montanha mágica*, mas então mudou de ideia, e para explicar isso ele dissera: Hoje me sinto um pouco Hans Castorp, devia ter ficado debaixo do edredom, e no momento em que disse aquilo, um dos seus colegas, o professor de norueguês e história, de cinquenta e poucos anos, começou a tremer de pura alegria. Isso mesmo, ele foi invadido por uma onda de alegria. Uma outra pessoa, entre seus colegas, havia chamado o personagem fictício Hans Castorp pelo nome, como uma referência natural ao seu estado geral! Foi um dia de escola estranho para Elias Rukla. Sua alegria o acompanhou o dia inteiro, quando estava à sua mesa dando aula, e quando depois passou na sala dos professores e se sentou entre os colegas, olhando cuidadosamente de soslaio para o colega que havia dito aquilo. Ele ficou atrás da mesa, ministrando a aula do seu modo um tanto sonolento, uma aula cinzenta normal, na qual não conseguia sair da rotina do seu modo de apresentar a literatura da língua materna, mas no seu íntimo cantava sem parar: Hoje me sinto um pouco Hans Castorp, e sua alegria era tão grande que levou a mão à testa para sentir se também estava suado, com a testa um pouco úmida e um leve sinal de febre. Por um bom tempo Elias Rukla dirigiu a atenção a esse colega. Ele desejava conhecê-lo melhor. Ele até se aproximou dele, mas sem que o colega notasse. Ele se sentava a seu lado nos intervalos curtos (no intervalo longo, na hora de comer, eles tinham lugares mais ou menos fixos, e Elias Rukla se sentava em uma mesa diferente da do professor de matemática), esperando que o colega dissesse alguma coisa. Algo parecido com o que havia dito, algo que lhe desse o mesmo enlevo esdrúxulo. Sempre cruzava com ele no corredor estreito, onde os professores tinham seus armários pessoais, e se postava a seu lado. Tentava dizer alguma coisa. Mas o que poderia dizer? O que ele de fato gostaria de dizer, não conseguia se levar a dizer, e o que dizia não fez com que eles se conhecessem melhor, eram apenas alguns comentários casuais, para não ficarem no total silêncio assim lado a lado, no corredor estreito, ou quando se sentavam à mesma mesa no intervalo curto. Que tal convidá-lo para jantar!, ele pensou. Para comer o assado de cordeiro da Eva, com alho e alecrim. Não, alho não, não fica bem convidar pessoas estranhas servindo comida com alho, há sempre alguém que não gosta de alho devido ao mau hálito depois. Não, assado de cordeiro com salsinha, um montão de salsinha. Convidaria ele e a esposa para jantar em sua casa com Eva. Ele estava no corredor estreito diante do armário em que guardava seus livros, tentando criar coragem para convidá-lo para jantar. Mas não ia parecer um pouco esquisito? Afinal, eles não se conheciam, a não ser como colegas que se cruzam na correria, que mal haviam começado a trocar algumas breves frases sobre amenidades. Não ia parecer esquisito convidá-lo para jantar, ainda mais com a sua mulher? Sem sua mulher, então? Pior ainda, Eva e Elias Rukla e o professor de matemática, por que motivo? Não, ele tinha que o convidar com sua mulher. Mas parecia tão descabido, afinal não conhecia bem o colega, nem sabia quem era sua mulher, e Eva não conhecia nenhum dos dois. Talvez devesse convidar Rolfsen também, Rolfsen e sua mulher, Rolfsen, que no intervalo longo sentava à mesma mesa do professor de matemática, na frente dele, notara que os dois sempre conversavam, e Rolfsen e sua mulher conheciam bem Eva e ele, pronto, assim podia ser. Mas nem isso ele fez, porque, afinal de contas, ele não o conhecia suficientemente bem para convidá-lo com a sua mulher, junto com Rolfsen e sua mulher, mesmo que os dois conhecessem Rolfsen bem. Primeiro devia conhecê-lo melhor. Mas isso não sucedeu, ele não encontrou nada para dizer que pudesse aproximá-los, nem havia no comportamento do professor de matemática algo que pudesse ser interpretado como um desejo de conhecer melhor Elias Rukla, e, além disso, chegou à conclusão de que seria impróprio ficar insistindo daquela maneira, se bem que o colega não havia notado nada, disso tinha certeza, por isso, depois de algum tempo, Elias Rukla parou de procurá-lo no corredor estreito em frente aos armários de livros e de se sentar à mesa dele nos intervalos curtos, o que passou a fazer só de vez em quando, quando parecia bem natural, fora isso, nunca mais. Mas ele continuou à espera. De que o colega dissesse algo que fizesse Elias Rukla tremer de alegria e começar a suar, como se acometido de uma febre branda, ele ficava meio atento, mas havia tanto barulho na sala dos professores, sobretudo no intervalo do almoço, que era praticamente impossível ouvir o que as pessoas nas outras mesas estavam dizendo, sobretudo quando não se está com as orelhas em pé, mas apenas inadvertidamente preparado para o caso de acontecer alguma coisa, o que era pouco provável. Ah, como morria de vontade de ter com quem conversar. Também à noite, quando ficava na sala na rua Jacob Aall, com suas cervejas e suas pequenas doses de aquavit, envolto em seus pensamentos, depois de Eva ter ido dormir. Ele tinha suas ideias e lia muito. História e romances. Ele lia mais os romances dos anos 1920, que para ele era um conceito. Marcel Proust, Franz Kafka, Hermann Broch, Thomas Mann, Musil eram os escritores que ele mais gostava de ler, e para ele eram todos dos anos 1920. James Joyce também, de quem não gostava, mas o considerava mesmo assim um escritor dos anos 1920, porque desse modo era possível ver as grandes linhas do romance europeu do século XX. A rigor, poucos dos seus escritores dos anos 1920 eram de fato escritores dos anos 1920, pelo menos não sem fortes ressalvas. Como Kafka. Kafka não escreveu um único livro nos anos 1920, a maior parte foi escrita antes de 1914 até, mas quem é mais escritor dos anos 1920 do que Kafka? E Thomas Mann, originalmente um escritor do século XIX, mas seus grandes livros, *A montanha mágica* e *Dr. Fausto*, eram romances dos anos 1920, apesar de *Dr. Fausto*, na verdade, ter sido publicado depois da Segunda Guerra Mundial. E Marcel Proust, *Em busca do tempo perdido*, a maior parte daquela obra fora escrita antes de 1914, e muito pouco na década de 1920. Mas foram os anos 1920 que lhes deram o *cunho*, não apenas porque a maioria das obras desses escritores foi publicada nessa época, e chamava atenção, mas porque parecia correto situá-los nos anos 1920, considerando que a velha Europa durante cinco anos inteiros havia mergulhado num banho de sangue cruel, fútil e sem propósito nas trincheiras lamacentas da Flandres. O fato de a Europa ter sobrevivido àquela guerra é o verdadeiro mistério histórico do nosso século, e que mais cedo ou mais tarde deve ser compreendido, pelo menos por mim, pensou Elias Rukla. E esses romances dos anos 1920, no conceito de Elias Rukla, também são instigantes porque não se diferenciam uns dos outros pelo fato de terem sido escritos antes de 1914, durante a Grande Guerra de 1914-1918, ou depois, na própria década de 1920, como *A Montanha Mágica*, ou até mais tarde, nos anos 1930, 1940 – Elias Rukla podia até apontar romances escritos nos nossos dias que ele não hesitaria em chamar de romances dos anos 1920. *O processo*, *O caminho de Guermantes*, *Os sonâmbulos*, *O homem sem qualidades*, *A montanha mágica* (e também *Ulysses*, se quiser, mas esse é um beco sem saída, afirmou Elias Rukla teimosamente para si mesmo), são todos romances hipnóticos e sobriamente descritivos do mesmo âmbito histórico, o nosso século no momento em que a verdade ficou clara e dolorosa. Por que Elias Rukla era tão fascinado pelos romances dos anos 1920 ele não sabia, ele não se reconhecia neles, como se podia supor, mas gostava do seu estilo e da sua temperatura, por mais que os escritores dos anos 1920 diferissem entre si, tanto em estilo quanto em temperatura. O que voltou a encontrar foi o choque mental causado pela Grande Guerra europeia e reencontrado na sua mente oitenta anos depois. Sua terra natal havia sido uma periferia neutra nessa guerra, pelo menos no que tange às trincheiras da Flandres, mas mesmo assim sua alma pertencia às regiões onde esses choques ainda reverberavam, e outras pessoas além de mim deveriam ter refletido a esse respeito, pensava Elias Rukla, tanto a ideia de os anos 1920 existirem antes da causa dos anos 1920, a guerra de 1914-1918, quanto o fato dos seus sobressaltos se encontrarem na minha mente, mesmo que não haja nenhuma razão histórica referente a isso, pensou Elias Rukla um tanto perplexo. Talvez eu devesse também incluir Kundera como escritor dos anos 1920, o que antes já rejeitei, porque sua obra é muito marcada por outro pós-guerra, o da Europa Oriental pós-1945, e não o da guerra de 1914-1918, mas, pelo que estou dizendo, isso não deveria ser um obstáculo, se usar o meu exemplo como leitor, o que penso que posso fazer, então, figurativamente falando, Kundera se encaixará perfeitamente como escritor dos anos 1920, e já que tenho muito apreço por ele, então, bem, é o que vou fazer, pensou Elias Rukla, Kundera também é um escritor dos anos 1920. Mas dos velhos escritores dos anos

1920, ele acabou gostando cada vez mais de Thomas Mann. Inicialmente fora Kafka, depois Marcel Proust, mas ultimamente começara a admirar cada vez mais Thomas Mann. Isso porque tinha a estranha ideia de que Thomas Mann seria o único escritor que poderia ter escrito um romance sobre ele, Elias Rukla, e que poderia ter escrito toda a sua história sem autocompaixão, sem queixas, e com uma rara ironia, completamente diferente da ironia que está na moda no nosso tempo, a ironia manniana, que não é usada como defesa contra a realidade, mas que é uma indicação discreta de que, em última análise, também esse destino (nesse exemplo imaginado: Elias Rukla) é bastante insignificante, todavia é um destino, e como tal deve ser estudado, pelo menos pode ser estudado. Qualificar-se para ser o protagonista de um romance é em si uma proeza, e com que direito imagino poder ser considerado protagonista de um romance, e ainda por cima um romance de Thomas Mann?, pensou Elias Rukla, um tanto chocado consigo mesmo. Thomas Mann não teria interesse na minha alma em si, ou no negrume da minha alma, por que razão teria interesse nela? Mas imagino que poderia ter certo prazer em descrever meu perambular pela sala essa noite, aqui no apartamento na rua Jacob Aall, onde caminho para lá e para cá, atormentado por ser um ser social que não tem mais nada para dizer, pensou Elias Rukla. Na verdade, Thomas Mann era o único escritor dos anos 1920 que teria refletido sobre a oferta de Elias Rukla para fazê-lo personagem de um romance. Ele podia vivamente imaginar-se comparecendo a um teste de seleção como candidato a um personagem de romance, sendo escrutinado pelos escritores dos anos 1920. Ele podia ver como eles, um após outro, o recusavam, agradecendo, ele viu Marcel Proust erguer de leve uma pálpebra, antes de lançar um breve olhar irônico e cheio de sentido para seus colegas, antes do riso rouco de Céline (sim, Céline também é escritor típico dos anos 1920, apesar de *Viagem ao fim da noite* ter sido escrito nos anos 1930) ressoar nos ouvidos de Elias Rukla. Somente Thomas Mann teria levado o pobre aspirante a personagem de romance a sério. Teria olhado para Elias Rukla e perguntado se ele podia dizer em poucas palavras por que achava que seu destino era apropriado para o material de um romance, tanto na qualidade de protagonista como na de personagem menor, porque, afinal, quando se tem ambições de ser protagonista, deve-se ter uma clara ideia de que poderá também servir como personagem menor, isso é uma condição para que um escritor chegue a ter um mínimo de interesse pelo destino de alguém, ele imaginou Thomas Mann lhe dizendo. E depois de Elias Rukla ter contado a história da sua vida, o que seria, gaguejando ou não, um exemplo de brevidade, pensou, então Thomas Mann lhe lançaria um olhar reservado, mas amigável, imaginou, respondendo: Bem, não posso prometer nada, e não há como encaixar o senhor e a sua vida nos meus planos atuais, mas possivelmente haverá outros tempos, e então possamos talvez voltar ao assunto. Não prometo nada, antes pelo contrário, mas, de qualquer modo, deve ser suficiente para que o senhor não perca as esperanças e continue a viver como antes, mesmo que não lhe seja concedido o privilégio de entrar como personagem em um dos meus romances. Bem, era desse modo que Elias Rukla ficava acordado de noite, fantasiando, um tanto tímido, sobre a própria vida e a possibilidade de pelo menos estar em contato com a literatura que ele mais apreciava, talvez também um pouco envergonhado, por temer que estivesse colocando palavras grandes demais na boca de Thomas Mann ao julgar se ele seria apropriado como personagem em um dos seus romances, ou temia que fosse inaceitável que ele, mesmo só em pensamento, deixasse Thomas Mann expressar uma opinião sobre suas possibilidades de ser personagem em um dos romances do próprio Thomas Mann. Naquele momento, estávamos em meados dos anos 1990, e os noruegueses, ofuscados pela modernidade, já ansiosamente esperavam o novo milênio e os supostos grandiosos fogos de artifício que marcariam a ocasião, pensou Elias Rukla, com um suspiro quase inaudível.

Depois que a filha de Eva Linde, Camilla Corneliussen, se mudara do apartamento na rua Jacob Aall, só ficaram os dois. Um professor secundário chegado à bebida e sua outrora belíssima mulher. Podia se dizer que a beleza indescritível de Eva Linde havia se deteriorado? Para Elias Rukla, não seria a expressão correta. Ele antes diria que sua beleza a abandonara, ou que ela perdera sua beleza, mas, nesse caso, ele teria que deixar de fora o conceito "indescritível" da sua antiga beleza, porque na sua percepção seria inadequado, equivocado até, dizer que a beleza indescritível de Eva Linde a abandonara, ou que ela perdera sua indescritível beleza. Eva Linde não podia perder sua indescritível beleza. A alteração biologicamente condicionada que a havia acometido teria que ser descrita em termos diferentes daqueles que haviam sido a marca registrada da beleza que ela outrora possuíra. O que ele poderia dizer, e até disse a si mesmo, no seu íntimo, era que ele tinha dificuldades em encontrar a graciosidade de Eva Linde na figura e no seu modo de se ser com ele agora. Ela ficara bastante rechonchuda e, consequentemente, podia parecer um tanto pesada. Ela se movia pela casa de modo diferente da época em que a conhecera, e quando ouvia seus passos, ele sempre pensava nisso. Seu rosto também perdera a maciez que antes inegavelmente a distinguia e que contribuíra para fazê-la tão atraente para os homens. Mas agora, quando Elias Rukla via mulheres jovens, achava que seus rostos tinham certa lisura, e não a maciez que ele associava com a Eva da mesma idade, e da qual ele admitia sentir falta. Mas ele sentia falta dessa maciez só quando olhava para Eva, não para as mulheres jovens. Eva se sentava diante do espelho e se maquiava como antes. Elias Rukla via como ela olhava o desgaste do próprio rosto, os traços refinados tinham se desvanecido, e com eles a linha do pescoço. Quando ela se inclinava para frente, uma mecha de cabelo caía e ela passava a mão para tirá-la como fazia antes. Elias Rukla ficava no vão da porta do quarto, atrás dela, olhando sua mulher em frente ao espelho da mesa de maquiar, fazendo comentários animadores sobre a eterna vaidade das mulheres, do tipo que homens com mulheres excepcionalmente belas podiam se permitir fazer de modo jocoso, como se nada tivesse sucedido a ela. Ele se sentia na obrigação de fazer esses comentários, mas, na verdade, não teria sido necessário. Eva Linde tentava sem dúvida corrigir sua aparência desbotada o melhor que podia, mas ela parecia não se importar muito com o resultado da ação do tempo. Na verdade, parecia que a perda da beleza a deixava aliviada. Ela deixou as rugas e dobras surgirem sem o menor sinal de histeria por ter perdido a leveza e a indefinível graciosidade outrora intimamente associadas à sua pessoa. No fim das contas, ela nunca entendera a própria beleza, considerando-a um atributo casual, sentindo-se mais incomodada do que lisonjeada pelos olhares dos homens devido a essa casualidade. Agora estava livre dela, o que parecia fazer-lhe bem. Quando Elias Rukla ficava atrás dela no vão da porta do quarto, comentando sua "vaidade" enquanto ela se maquiava, ela tinha que sorrir; gostava dos seus comentários, mas não teriam sido necessários, não era isso que mantinha seu ânimo.

Já antes de Camilla sair de casa, Eva Linde estava decidida a ter um novo futuro. Ela deixou o emprego como secretária nos Cinemas de Oslo porque queria estudar para se tornar assistente social. Elias lhe dera seu apoio, porque ela tinha um forte desejo de trabalhar com algo mais gratificante do que os Cinemas de Oslo, ou como secretária em geral. Então, ela começou a fazer uma série de plantões em diversas instituições, principalmente naquelas que tratavam dependentes de drogas. Tudo isso para acumular pontos e poder entrar no Instituto Superior de Ciências Sociais da Noruega. Elias Rukla tinha certa dificuldade em entender seu súbito interesse por dependentes químicos, ela nunca havia tocado no assunto antes, mas estava possivelmente ligado à juventude de Camilla e ao medo, como mãe, de que a filha fosse acabar, por má sorte ou pela procura de emoção, nos meios que tornam jovens dependentes químicos, quase antes que eles mesmos se deem conta. Mas ela não havia demonstrado nenhum medo específico nesse sentido, e Camilla tampouco dera motivo para tal, pelo que eles sabiam. Elias tendia a pensar que ela estava descontente com o trabalho de secretária e queria largar a profissão, sobretudo quando o imaginava como algo que podia continuar fazendo por décadas, e por isso ela começou a procurar algo novo e mais ou menos por acaso teve a ideia de se tornar assistente social, porque o trabalho com dependentes químicos lhe parecia emocionante, o que deve ter sido confirmado depois da vivência diária com eles durante dois ou três anos como substituta, já que não desistira para começar outra coisa, ou até para não fazer nada, o que ela, pelo menos em teoria, poderia ter feito, como dona de casa e mulher de Elias Rukla. Por que o trabalho com dependentes químicos seria emocionante para ela era um mistério para Elias Rukla; para ele parecia ser um trabalho árduo, com poucos pontos positivos em um meio que dificilmente poderia deixar alguém alegre, como Elias deduzia quando Eva voltava para casa depois de plantões noturnos, por exemplo, bem cedinho de manhã. Mas fato é que ela preferia isso a ser secretária, sem titubear, mesmo quando voltava para casa mental e fisicamente esgotada depois de um plantão. Elias Rukla suspeitava que havia uma relação entre a perda do interesse de Eva pelo trabalho como secretária e a perda da beleza. Não era exatamente uma teoria que ele ventilasse para outras pessoas, menos ainda para a própria Eva. Mas antes, quando sua beleza era indescritível, ela gostava de ser secretária, e isso era, suspeitava Elias Rukla, porque a beleza lhe dava uma espécie de proteção. Contra os olhares dos homens, por mais paradoxal que possa parecer. Sua beleza tinha um efeito educador para homens que entravam no escritório, onde ela ficava atrás do balcão. Pelo menos para a maioria. Ao vê-la, adotavam uma conduta gentil e educada, se compunham, por assim dizer, esforçando-se ao extremo para serem cordiais, objetivos e informativos quanto ao motivo da visita. Eva gostava disso. E aqueles que não agiam desse modo, que tentavam cantá-la, estufando o peito e querendo se mostrar, faziam um papel bastante caricato naquela situação, era fácil ridicularizá-los com uma frase cortante da boca de Eva, muitas vezes na presença de outra secretária ou de um chefe masculino. Os olhares furtivos que Eva tinha que aguentar em outros lugares, que ela nunca conseguia superar, aqueles olhares furtivos de soslaio que sentia nas costas sem nunca conseguir enfrentá-los, isso ela finalmente conseguia no escritório dos Cinemas de Oslo, e podia, com grande deleite, se vingar. Elias acreditava que tudo que Eva contara sobre o trabalho fundamentava sua alegação. Mas quando sua beleza desbotou, sem que ela se importasse com isto, esse prazer também desapareceu, restando apenas o trabalho de rotina, e por isso procurou uma alternativa, algo mais gratificante, mais emocionante, escolheu ser assistente social e fazer plantões, do que ela nunca se arrependeu. Precisamente nesse outono, há apenas três semanas, ela tinha começado a estudar no Instituto Superior de Ciências Sociais da Noruega, após receber, no início do verão, o feliz comunicado de que fora admitida. Isso significava que Eva

Linde, agora no final dos seus quarenta anos, tinha um árduo estudo universitário de três anos pela frente. Também significava que, durante esse período, Eva e ele teriam de se sustentar com apenas um salário, o seu salário de professor secundário, o que não era lá grande coisa, mas o suficiente para que eles, com moderação e um estilo de vida modesto, conseguissem viver razoavelmente. De qualquer modo, Elias estava feliz por ter uma mulher que no final dos seus quarenta anos estava determinada a encarar os estudos para uma boa formação que lhe traria algum sentido, em vez de viver descontente com o trabalho, seja como secretária, seja como – o que teria sido um absurdo – dona de casa e mulher de um professor. Aliás, desde que se casaram, em meados dos anos 1970, ele havia sugerido que ela retomasse os estudos, mas houve tantos rodeios e objeções, e Camilla, e isso e aquilo, que a metade já teria bastado, pensara Elias na época.

Eva Linde vivia sua vida no apartamento da rua Jacob Aall, dormindo atrás da porta do quarto, enquanto Elias Rukla ficava na sala até tarde da noite com seus pensamentos. Ela se deitava cedo para estar disposta no dia seguinte, que incluía estudos no Instituto Superior de Ciências Sociais, onde a maioria de seus colegas de classe pertencia a uma geração bem mais jovem que a dela. Apesar de sua beleza estar bastante desbotada, ela ainda era uma mulher elegante. Ela sabia se vestir, fosse de jeans como suas colegas, fosse com seu conjunto cinza e sapatos de salto alto. Uma mulher elegante, reconhecia Elias Rukla, e outros com ele. Um tanto rechonchuda, de fato, mas uma elegante mulher madura. Todavia, para seu marido, Elias Rukla, ela havia perdido seu charme. Eva sempre tivera algo de dissimulado, que ele amava. Ela se sentia incomodada com os olhares que os homens lhe lançavam devido à sua aparência fortuita, mas ainda assim não conseguia evitar se tornar prisioneira da própria beleza. Ela não gostava dos olhares dirigidos para si, mas não podia evitar reagir a eles, e isso de um modo deliciosamente dissimulado. Sua frágil beleza. Todo seu modo de ser tinha por base ser percebida como indescritivelmente bela. Ela não pôde evitar valer-se de sua beleza, porque, afinal, a beleza era ela mesma, a maneira como o mundo exterior a percebia, e mesmo que ela não considerasse sua beleza um valor em si, sequer para ela mesma, que obviamente não tinha culpa de nada, sua beleza era todavia o seu valor, e por isso mesmo ela precisava se valer dela para adquirir qualquer valor. Era forçada a valer-se de sua beleza, por não ter outra coisa de que se valer, e se tivesse ninguém teria se importado com isso, pelo menos não no sentido de compreender a sua natureza e ser atraído por ela. Ela era consciente do seu valor, apesar de não o aprovar. Mas, quando olhava para um homem, ela sabia o que significava. Por isso, ela não devia olhar para um homem, mas quando olhava, ela sabia o que significava. Ela sabia, portanto, que podia olhar para um homem e que isso provocaria, como se fosse por lei, o efeito intencionado. Ridículo e casual, mas era real. Quando a beleza a abandonou, ela também sabia que esse efeito não mais ocorreria automaticamente e que ela, consequentemente, não precisava mais lidar com a questão. Ela tinha se libertado da prisão de sua beleza. Querendo ou não, ela não precisava mais dissimular. A beleza a havia abandonado, e ela podia ser natural. Não uma mulher dissimulada, mas um ser humano natural. Ela podia mostrar-se uma mulher sincera e madura que impressionava por sua coragem e seu desejo de enfrentar longos estudos na sua idade. Inclusive Elias. Uma mulher elegante que vestia jeans, como suas jovens colegas, ou que comparecia no seu conjunto cinza e com sapatos de salto alto quando lhe convinha, ou quando o tempo permitia. Tinha o rosto um pouco cansado, expressando um desenvolvimento biológico natural, que atinge a todos, homens e mulheres, mas que para as mulheres quase sempre significa perder seu fascínio como mulher especialmente atraente, muitas vezes com consequências patéticas para quem não percebe isso e luta para parecer ela mesma quando jovem, em vez de viver os processos naturais da vida. Elias Rukla não podia negar que tinha orgulho da sua mulher, além de sentir uma satisfação oculta, mas verdadeiramente profunda, por viver a seu lado, como já vivera por quase vinte anos. Não sem sentir falta da sua graciosidade, ou afetação, se quiser.

    E era só dele, esse sentimento de falta. Ele não poderia dizer a Eva: Eu amo a sua afetação, porque se dissesse, ela não teria dado importância alguma a isso, para ela teria sido indiferente. Ele poderia ter dito: Gosto da maneira com que você joga o cabelo como está fazendo agora (porque lhe lembrava de como a afetada Eva jogava o cabelo, se bem que não de todo, porque agora ela fazia isso por hábito, sem nenhuma relação com o jogo entre a beleza cativa e os homens atraídos por ela, como antes, mas como um jogar natural do cabelo, que fazia Elias se lembrar de algo que estava procurando), e ela teria gostado, mostrando um riso um pouco embaraçado, todavia teria gostado, mas não teria repetido o movimento para que ele dissesse de novo, e ela o ouvisse dizer outra vez. Porque agora ela já estava libertada disso. Mas ele sentia falta daquilo de que ela se libertara e, de modo estranho, lhe pareceu cruel da parte dela o fato de não poder dar vazão a esse sentimento.

Em suma, Elias Rukla frequentemente se pegava pensando que havia um toque de crueldade na naturalidade de Eva Linde. A libertação da afetação mostrava traços dela que denotavam indiferença e avidez. Como se as exigências que a beleza infligia à sua conduta houvessem domado suas inclinações naturais. Talvez ela sempre houvesse tido esses traços, sem que Elias os percebesse, ofuscado como fora por seu charme? O que ele chamava de ser "mimada" e "paparicada" era possivelmente uma expressão disso, mas quando surgia numa bela mulher de seus trinta e poucos anos, o efeito era outro, menos direto do que agora, quando se repetia em uma mulher de meia-idade, beirando os cinquenta. Por outro lado, era evidente que, já que Eva Linde se libertara da tirania da sua própria beleza, não por ela mesma, mas com a ajuda da natureza, por assim dizer, surgia a chance de ela mostrar seus traços mais vulgares, o que fez com grande deleite, sem ter que dissimular, soltando as amarras, como um ser humano natural. Não havia dúvida de que ela era invejosa. Sua maneira de olhar coisas que pertenciam a outras pessoas, com seu rosto cansado, mostrava uma cobiça que pura e simplesmente chegava a assustar Elias Rukla, considerando que compartilhava cama e mesa com ela. Não a cobiça em si, mas o que expressava e indicava quanto à relação entre os dois. Ela ficava obcecada por coisas que ela não tinha. Quando estavam numa festa, ela podia, em voz alta, admirar os mais requintados objetos dos anfitriões, voltando para observá-los repetidas vezes, com altos elogios, e o olhar que lhes lançava estava cheio de inveja, algo que os anfitriões apreciavam, é claro, e fez com que Elias Rukla sossegasse um instante ao pensar que ela agia daquela maneira apenas para ser educada. Mas não era verdade. Porque ela ficava da mesma maneira quando olhava as vitrines de butiques caras ou de lojas de móveis exclusivos. Ela parava e olhava com avidez para as peças de luxo lá dentro. Mas ela não o censurava por não poder comprar essas coisas. Todavia, ela as cobiçava, e quando a cobiça transparecia no seu rosto cansado, e ela ficava parada daquela maneira, com sua figura pesada, um tanto rechonchuda, embora no seu elegante conjunto cinza, com o nariz espremido contra o vidro, ele se assustava. Esse desejo feminino que brilhava, não, gritava de uma mulher que não se valia da sua feminilidade, sendo somente uma mulher natural, beirando os cinquenta anos. Essa ânsia de luxo que nunca era satisfeita, e que, exceto quando ela olhava, nas casas de outras pessoas ou vitrines, nunca se revelava como um desejo de algo que ela mesma gostaria de possuir. Diante desse ser humano natural, que tinha desistido de lidar com sua afetação feminina, mas que nutria um desejo feminino tão cobiçoso, Elias sentia-se invadido por uma terrível sensação de estranheza, e sentia saudade. Saudade da sua maneira graciosa de ser, que com a maior naturalidade o havia atraído, e por isso mesmo constituía um motivo legítimo para ele, Elias Rukla, estar próximo a ela; mas quando ela estava ali, rechonchuda, com olhar de cobiça e o nariz espremido contra a vitrine de butiques de luxo, ele não tinha nenhum motivo legítimo para estar com ela naquele momento, e era em momentos como esses que essa estranheza o invadia. Mas ao mesmo tempo, ele constatava, com certa surpresa, o quanto se tornara dependente dela, porque quando ela ficava ali cobiçando todo aquele luxo sem expressar qualquer desejo de que ele lhe desse, mas no entanto deixando-o ver que sonhava intensamente com esse luxo, mesmo não o querendo para si por ser impossível, então ele sabia que, se ela logo mais não lhe mostrasse um pouco de gentileza e confiança para poder contrabalancear essa imagem, ou melhor, essa suspeita de que fosse essa a verdadeira expressão da sua vida real, enfim, que essa cobiça de luxo apenas fosse um pedacinho da sua vida secreta, a ele vedada, mas que ela agora de forma quase explícita lhe mostrava, então sua inquietação em relação a ela acabaria com ele. Estaria ela arrependida? Assim, com o nariz espremido contra a vitrine, uma esposa elegante, quarentona, contudo um tanto desgastada e flácida?

    Todavia, ela o tratava com bastante gentileza, assim como ele tentava se erguer acima do seu arraigado sofrimento social e mostrar a ela respeito e gentileza. Talvez se movessem em mundos separados, embora no mesmo apartamento, e as coisas que estavam ali eram dos dois, e assim coexistiam nessas circunstâncias sem se esbarrarem, passando um pelo outro cada um na sua órbita, sem que a presença do outro fosse sentida como uma invasão, ou como uma perturbação, ou como algo incômodo. Acontecia também de ela de repente sair da sua órbita gentil e dirigir-se a ele como confidente. Ela completava 47 anos neste outono e ele era, até hoje, um professor secundário, com 53. Ela se dirigia a ele com suas confidências, o que também lhe permitia um vislumbre da sua vida mais íntima. Ela o deixava a par das dores do seu corpo, e, ao fazê-lo, apontava o ponto onde as dores se manifestavam. Quando ficava assim seminua, apontando suas varizes, ela não era uma mulher elegante, só quando vestia seus jeans, que a faziam roliça, ou seu conjunto cinza e seus sapatos de salto alto. No entanto, com a maior confiança e naturalidade, ela dava a ele um vislumbre desse seu corpo. Nesses momentos ele era seu marido. Sem se importar com o declínio que havia acometido seu corpo em termos de volúpia, sensualidade etc., ela o mostrava, somente a ele, como a única testemunha ocular, enquanto falava ingenuamente sobre o que a afligia. Para Elias era doloroso. Ela estava um pouco gorda. Flácida. Elias Rukla sentia uma dor intensa enquanto ouvia o que ela contava. Apontava para seu corpo gasto e revelava como sofria por causa das varizes. Numa voz que fazia Elias Rukla lembrar o modo com que ela sempre se dirigira a ele, e que ele lembrava ter ouvido com um prazer especial quando telefonava para ela. Dizem que até vozes se alteram, de modo que, quando se fala com um estranho ao telefone, é possível constatar a idade da pessoa sem dificuldade, mas o mesmo não vale para as pessoas que conhecemos. Se a vida tivesse sido diferente, e Johan Corneliussen e Eva Linde (além da pequena Camilla) tivessem viajado juntos para os Estados

Unidos em 1974 e ficado por lá, e agora depois de vinte anos tivessem voltado para fazer uma breve visita, e Elias Rukla fosse encontrá-los, digamos no saguão do Hotel Continental, ele teria pensado na hora ao ver Eva: É Eva Linde, mas como esmaeceu! Mas se em vez disso eles tivessem lhe telefonado, e ele, depois de conversar com Johan Corneliussen, estivesse com Eva Linda na linha, ouvindo sua voz, ele teria pensado: Eva! Porque de imediato teria reconhecido essa voz, tão límpida, mas com uma curiosa rouquidão bem no fundo das suas cordas vocais, parecendo sempre resfriada, e ele teria de imediato visualizado Eva, nesse caso, como lembrava dela quando a vira pela última vez, em maio de 1974. E era exatamente com essa voz que Eva lhe falava agora, seminua, mostrando as varizes nas pernas do seu corpo bastante flácido. Nesse momento, ele sentia uma grande ternura por ela. Eva! Eva!, pensava, imóvel a seu lado, tomado por esse sentimento de ternura. Ele poderia talvez ter revelado a Eva sua ternura, e talvez devesse tê-lo feito, mas ele não podia revelar o fundamento da ternura que sentia por Eva Linde, essa sua mulher um tanto roliça, porque a atitude dela diante desse fundamento era de indiferença, talvez de perplexidade, até quem sabe de rejeição, e desse modo era provável que a atitude dela para com os seus verdadeiros sentimentos por ela também fossem de indiferença, talvez de perplexidade, até quem sabe de rejeição, Elias pensara.

    A indiferença de Eva para com ele. Nunca deixou de ocupá-lo. Sua possível indiferença para com ele. Mesmo que ela lhe mostrasse a mais profunda confiança, quase ingênua na sua sinceridade, havia sempre uma possível indiferença em tudo que ela fazia em relação ao marido. Como podia tratar o abandono da sua beleza com tanta leviandade! Será que nunca lhe ocorrera que Elias Rukla estava perdendo justo aquilo que o fizera se sentir atraído por ela? Mesmo não sendo verdade, ela não devia, entretanto, ter sentido no íntimo o medo de que fosse esse o caso? Que agora, o que nela atraíra Elias estava em vias de desaparecer para sempre? Em algum momento deve ter passado pela sua cabeça, pelo menos como uma sombra sobre seu rosto, mas ele nunca viu sinal dessa sombra. Como podia não se importar! Uma libertação para si mesma, embora se fechasse em si mesma diante dele. Será que ela não entendia isso? Ele tinha esperança de que não entendesse, que estivesse tão longe do seu mundo de imaginação que esse pensamento sequer tivesse passado pela cabeça, porque se não fosse assim, se ela o tivesse entendido sem no entanto se importar, isso só poderia significar que para ela não era tão importante se ele a amava ou não, e que em certo sentido nunca tinha sido, mas ela sentia gratidão, porque quando ela estava em dificuldade, ela veio e ele a deixou ficar. Seria esta a verdade? Devido a pensamentos como esses, Eva Linde continuou sendo uma mulher enigmática, e até sedutora, para Elias Rukla. Essa mulher um tanto roliça com quem ele compartilhava cama e mesa, mas que nunca lhe havia revelado seu lado mais íntimo nem deixado que ele abrisse para ela o seu lado íntimo, suas questões ardentes, nem no passado nem agora, já com suas questões mais tépidas. E era nela que pensava agora, parado na rotatória de Bislett, com sua mão sangrando (ridículo) pelas varetas do guarda-chuva, sem saber o que fazer ou que rumo tomar, parado ali na chuva que caía de mansinho, formando pequenas poças que respingavam lama nos carros que passavam. A desgraça já aconteceu. Ele sabia que o reitor tentaria minimizar o incidente, com o apoio dos colegas que tentariam convencê-lo a continuar, dizendo que foi algo que podia ter acontecido a qualquer um. Mas não acontecera a qualquer um. Acontecera com ele, o que para ele significou sua queda. Sua queda social, pura e simplesmente. Ele sabia que nunca mais botaria os pés na Escola Secundária de Fagerborg. Nem em outra escola na qualidade de professor. E agora, como vai ser para ela, sua mulher? Ela que há pouco começou um curso de três anos no Instituto Superior de Ciências Sociais e dependia da sua renda? Isso quer dizer que está tudo acabado, ele pensou. É terrível, mas não há como voltar atrás.

* * *

2020 © Numa Editora
2020 © Dag Solstad

Pudor e dignidade
Genanse og verdighet (Original)
Dag Solstad

Edição: Adriana Maciel
Assistência de edição: Lia Mota
Produção editorial: Marina Lima
Preparação: Mariana Donner
Projeto gráfico e capa: Design de Ateliê/Fernanda Soares
Imagem de capa: Fernanda Soares

Essa tradução foi publicada com o apoio financeiro da Norla.
This translation has been published with the financial support of NORLA.
NORLA

S689p

    Solstad, Dag, 1941 -
        Pudor e dignidade / Dag Solstad; tradução: Grete Skevik
    Rio de Janeiro: Numa, 2020
        158 p.; 21 cm.

    ISBN 978-85-67477-47-3

    1. Literatura norueguesa. I. Skevik, Grete II. Título.

                                        CDD – 839.823

Numa Editora
www.numaeditora.com
contato@numaeditora.com
instagram.com/numaeditora

Esse livro foi composto em Gandhi Serif,
impresso em papel Pólen Soft 90g/m², 2020